Corentine

12, avenue d'Italie
75013 Paris
Tél. : 01 44 16 09 00
Fax : 01 44 16 09 01
www.plon.fr
www.lisez.com

Mise en pages : Facompo (Lisieux)
Dépôt légal : février 2019
ISBN : 978-2-259-26000-8

À Corentine Sinou, ma grand-mère

travail un peu moins pénibles. Dès le début de la guerre, il avait été réquisitionné par les autorités allemandes mais avait refusé de travailler dans une usine d'armement pour ne pas, avait-il dit, fabriquer des munitions qui pourraient tuer ses frères ; il avait donc été jeté dans une forteresse teutonne et en avait été libéré quelques semaines après l'armistice. Après un voyage de retour éprouvant, il était arrivé le 24 décembre dans la ferme familiale où sa mère, « qui le croyait mort », l'avait à peine reconnu puisqu'il pesait 32 kilos pour 1,76 mètre. La culpabilité d'avoir délibérément envoyé son enfant en quasi-esclavage ne semblant pas l'avoir touchée, elle avait sommé son fils de l'accompagner à la messe de minuit sans doute en guise d'action de grâces… Au moment de l'offertoire, le curé avait égrené la longue liste des morts de la paroisse. En entendant son nom, Thomas s'était levé et avait lancé :

— *Pas ! Amañ emaon !* Non, je suis là !

Comble de l'injustice – ou de l'ironie –, alors qu'il avait passé plus de quatre ans dans les geôles allemandes, les autorités françaises l'avaient ensuite considéré comme insoumis, convoqué à Lorient en préalable à un service militaire qu'il allait devoir effectuer pendant trois ans dans les conditions particulièrement pénibles qu'on réservait aux fortes têtes…

*

Tout était organisé. Le notaire devait envoyer un grouillot avec une voiture à cheval pour charger les malles entreposées dans le fourgon à bagages, la conduire directement à l'étude pour signer l'acte de vente puis la mener jusqu'à l'hôtel de Cornouailles où elle prendrait ses quartiers en attendant d'avoir installé sommairement la maison en vue de la rendre habitable.

Elle avait parfaitement soigné sa toilette : un tailleur noir du bon faiseur éclairé d'un chemisier à jabot de dentelle blanche pour ne pas jurer avec son statut de veuve de guerre. Tout était sobre et du dernier chic, la cape en beau lainage, les bottines en cuir, les gants en suède, le chapeau en taupé, le sac à fermoir doré. Juliette, impeccable dans son manteau en ratine marine et col de velours, souliers vernis, capote de feutre sur la tête, semblait plus âgée que ses quatre ans tant elle était immobile avec un visage qui ne trahissait aucune des habituelles émotions enfantines.

La vérité est que la femme qui, avec sa fille, descendit du train de Gourin ce jour-là était d'une beauté et d'une dignité bouleversantes, une aristocrate avec ce port de tête qui signe habituellement une éducation raffinée et la physionomie si singulière des gens du monde quand ils s'adressent à leurs domestiques, à la fois affable et lointaine. Elle, la paysanne illettrée, avait observé Mme de La Rousselaye avec l'attention d'un entomologiste, répété mille fois devant son miroir afin d'obtenir ce regard si particulier et s'était juré que, un jour, elle serait une dame qui se mouvrait comme si un mur de verre la protégeait du reste des humains.

Ce jour était arrivé. Elle ne voulait plus penser à toutes ces souffrances, à toutes ces humiliations, sa mère Marie-Louise, quasi impotente depuis la naissance de son septième et dernier enfant. Pas question d'emprunter la voiture à cheval du notaire, le chemin qui menait au hameau de Kersaludès était si boueux qu'il ne pourrait être emprunté qu'à pied. La perspective de cette équipée de huit kilomètres dans la bruine glaciale de janvier avec Juliette – qu'elle devrait souvent porter à bras – lui fit monter les larmes aux yeux. L'hiver, les trous y devenaient si profonds qu'il lui faudrait à coup sûr marcher à travers les champs ou monter sur le talus, ce qui rallongerait considérablement le trajet. Quand elle était enfant, les paysans tentaient de stabiliser la chaussée en y mettant à pourrir des fagots de jonc qui servaient ensuite comme engrais. Peut-être continuaient-ils encore ces remblaiements qui massacraient les souliers, mais au moins, elle avait prévu de porter des snow-boots sur ses bottines.

Sa mère l'attendrait, elle en était sûre. Elle ferait mine d'être surprise, mais le café au lait gardé au chaud, les crêpes et la motte de beurre posées sur la table témoigneraient de ce rendez-vous incontournable. Puis commencerait l'interminable tournée des oncles et tantes, cousins plus ou moins éloignés, voisins, propriétaires et membres du clergé. Il lui faudrait oublier les règles de politesse de la ville, attendre à l'entrée du jardinet que le parent ou la parente sorte sur le pas de la porte, éviter la poignée de main réservée aux hommes, faire trois fois la bise en appelant par leur prénom toutes les femmes présentes, se rappeler celles que l'on a ainsi embrassées pour ne pas réitérer une salutation réservée aux grandes

occasions, assurer que l'on refuse d'entrer pour ne pas déranger, puis après plusieurs sollicitations franchir le seuil, attendre d'y être invitée pour s'asseoir sur le bout du banc, de la même façon refuser de prime abord le café au lait ou la bolée de cidre, puis ne l'accepter qu'avec l'expression d'excuses pour l'ennui ainsi causé. Se garder de partir avant qu'un signal ténu n'eût indiqué qu'il était temps de prendre congé. Toute cette étiquette bretonne lui avait été inculquée par sa mère et elle n'ignorait pas que le moindre manquement la désignerait comme une fille de la ville qui prenait des grands airs et qui avait oublié d'où elle venait.

Elle allait passer un véritable examen, le savait et s'y préparait. Elle voulait être acceptée dans cette parentèle mais également se faire reconnaître dans sa nouvelle position et son nouveau mode de vie. Elle annoncerait qu'elle achetait la plus belle maison du bourg, qu'elle y installait un commerce, indiquerait d'où venait l'argent qui permettait une pareille installation. Elle sentait aussi confusément qu'elle allait représenter un danger pour toutes les jeunes filles à la recherche d'un mari dans une génération décimée par la guerre. Mais à vingt-huit ans, Corentine était bien décidée à se remarier pour se protéger et être heureuse.

*

En fait, Corentine avait passé un examen beaucoup plus effrayant quelques années auparavant. Quand elle avait demandé à rencontrer les parents

de son mari après qu'il eut été tué, ceux-ci l'avaient reçue comme une intruse et quasiment en voleuse. Ils n'avaient jamais accepté le mariage de leur fils avec l'une des bonnes qui servaient chez leurs riches amis, les La Rousselaye.

Corentine avait surpris une conversation alors qu'elle était allée rendre visite à l'office à ses anciennes compagnes de domesticité. Elle avait tout de suite reconnu, au salon, la voix des Le Bris :

— Une intrigante qui s'est arrangée pour mettre le grappin sur notre pauvre Jules.

— Vous pensez, une famille de banquiers : elle a vu le pactole !

— Quand Jules aura bien mangé de la vache enragée, il reviendra à la maison et nous ferons annuler ce mariage ridicule…

Rien n'avait marché comme le voulaient les Le Bris. À l'annonce du mariage de leur fils avec une domestique, ils avaient coupé les vivres de ce dernier mais Jules avait déjà trouvé une place de fondé de pouvoir dans une banque concurrente de celle de ses parents. Corentine avait vingt-trois ans, était belle comme un cœur, intelligente en diable, enjouée comme une pinsonnette, Jules en était fou et le jour de son mariage en avril 1913 lui était apparu un rêve insurpassable. Un an après, le fils du banquier était mort et cette « bonniche » devenait sa veuve pour l'éternité. Rien à faire, elle était désormais et pour toujours Mme Jules Le Bris.

Quand ils l'avaient reçue dans leur beau salon du boulevard Malesherbes quelques semaines après la

disparition de Jules, ils l'avaient savamment embobinée, racontant qu'une loi de moratoire avait renvoyé la liquidation de la succession des soldats morts pour la France à la fin des hostilités, en étant bien décidés à la spolier définitivement. Mme Le Bris avait conclu l'entretien en tendant une enveloppe qui contenait 1 000 francs :

— Tenez, ma fille, en souvenir de notre pauvre fils, il ne sera pas dit que notre générosité a été prise en défaut.

Corentine s'était payée de culot et avait rétorqué avant de tourner les talons :

— Merci, ma mère.

La Le Bris avait failli se trouver mal.

Le vent avait changé pour Corentine en 1918, non seulement parce que la défaite de l'Allemagne devenait inéluctable, mais surtout parce qu'un vieux syndicaliste qui avait repris un poste dans l'usine d'armement où elle travaillait l'avait prise sous son aile et analysé l'arnaque qui la spoliait. Tous deux étaient montés à Paris, avaient trouvé un notaire qui avait rondement mené l'affaire. Les Le Bris avaient préféré une transaction à un conflit hasardeux et proposé une somme qui parut faramineuse à Corentine. Toutefois elle n'était pas dupe et se souvenait d'une maison dont Jules était propriétaire et qu'elle avait récupérée, vidée des meubles, des tableaux et de la vaisselle. Même les rideaux avaient été décrochés. Les Le Bris l'avaient volée, n'avaient même pas voulu la recevoir et faire la connaissance de Juliette, l'enfant

posthume de leur fils. Le notaire lui avait rapporté que Mme Le Bris aurait marmonné :

— Une fille... même pas capable de lui faire un fils...

Cela n'avait eu aucune importance pour Corentine. Avec l'argent qui lui revenait, elle allait refaire sa vie et assurer l'avenir de sa fille. Cette nouvelle étape ne pouvait se dérouler qu'à Gourin et ainsi réhabiliter son existence d'enfant exploitée et affamée, son adolescence de domestique humiliée et le cauchemar d'un bonheur brisé par la guerre qui avait fait de sa fille unc orpheline et l'avait elle-même jetée, pendant quatre ans, dans les cadences infernales d'une usine d'armement.

*

Mais aujourd'hui, alors que son rêve était sur le point de se réaliser, par la voix de Pierrick, c'est le malheur qui lui revenait par grosses bouffées d'une détresse qui n'arrêterait jamais de la consumer.

L'ENFANT

I

En arrivant à Kersaludès le lendemain de son retour à Gourin, Corentine vit que rien n'avait changé dans la ferme où elle avait grandi. Pouvait-on d'ailleurs qualifier de ferme l'enclos de vingt ares avec un minuscule jardinet en façade et une parcelle à l'arrière dédiée à la culture des pommes de terre ? La maison bénéficiait certes d'un toit d'ardoises qui la distinguait des masures environnantes mais n'était composée que d'une pièce surmontée d'un grenier à fourrage. Perpendiculaire au pignon, une petite écurie sur la droite pouvait héberger deux ou trois vaches.

Sa mère, venue l'accueillir sur le pas de la porte, l'embrassa puis la toisa d'un regard inquisiteur, tint sa main en l'air pour la faire tournoyer comme si elles étaient au bal et lui lança :

— *Fichet-kaer emaoc'h aze, Korantin ! Tammikoc'h ne 'm bize ket anavet 'noc'h...* Te voilà rudement bien habillée, Corentine ! Pour un peu, je ne t'aurais pas reconnue...

L'examen de passage parut interminable à la jeune femme, toutefois elle se garda de donner les explications qu'elle réservait quand les formalités des salutations et d'offrande de nourriture auraient été accomplies.

— C'est ta petite ? Rentre vite, ma poulichette, il fait froid. Je vais te faire un lait chaud.

La jeune femme fut soulagée de constater que sa mère avait fait l'effort de parler en français pour s'adresser à Juliette qui regardait, éberluée, celle qu'on lui avait présentée comme sa mémé. Chaussée de socques, habillée d'une jupe de laine presque jusqu'au sol à l'ourlet souillé de terre, celle-ci serrait frileusement sur sa poitrine un pauvre châle. Ses cheveux grisonnants étaient emprisonnés dans une petite coiffe de dentelle avec deux rubans empesés remontés comme des ailes qui donnaient une certaine allure à ce modeste couvre-chef dont le fond en soie noire signait un veuvage. Les deux femmes eurent tôt fait de revenir au breton et d'abandonner le français que Corentine maîtrisait à la perfection maintenant, mais que les habitants de Kersaludès avaient toujours considéré comme une langue étrangère totalement ignorée de la plupart d'entre eux.

Son père et ses grands-pères, qui avaient fait leur service militaire, avaient certes appris quelques rudiments de la langue nationale mais ils répugnaient à s'en servir tant elle était associée à toutes sortes d'humiliations. Ils avaient en effet été l'objet des

moqueries des sous-officiers qui les considéraient comme des demeurés. Son père lui avait raconté que, à la caserne, on faisait mettre dans ses souliers de la paille à droite et du foin à gauche et que son adjudant criait paille-foin pour signifier droite-gauche, persuadé que ces tarés de Bretons étaient incapables de distinguer leur droite de leur gauche, alors qu'il eût suffi de lancer simplement *dehou-gleiz*. De son côté, son grand-père maternel lui avait aussi raconté les innommables souffrances endurées, en 1870, dans le camp de Conlie en servant la République.

Les deux grands-pères de Corentine avaient été enrôlés dans l'armée de Bretagne pendant la guerre de 1870. Sur ordre de Gambetta, ministre de la Guerre, avait été constituée, après la défaite de Sedan, une troupe accueillant majoritairement 80 000 mobilisés et volontaires des cinq départements bretons. À Conlie, près du Mans, en attente de la « guerre totale », les hommes avaient été stationnés dans des conditions épouvantables. Comme les tentes ne protégeaient pas des intempéries, certains hommes moururent noyés tellement le sol se transforma en une mer de boue où l'on s'enfonçait jusqu'aux genoux. Le camp fut vite baptisé en breton *Kerfank, la Ville de boue*. Le choléra, la variole et la typhoïde y firent des ravages meurtriers. Mais Gambetta refusa de céder aux objurgations du général de Kerartry, qui commandait les lieux et le pressait de procéder à son évacuation. Alors Kerartry démissionna. Son successeur le général de

Marivault[1], refusant d'obéir aux ordres du ministre, fit évacuer les 15 000 hommes les plus faibles.

Pire, les soldats bretons furent envoyés au feu lors de la bataille du Mans des 10 et 11 janvier 1871 avec des armes défectueuses qui, pour certaines, explosèrent quand ils les utilisèrent. Le général von Krautz-Koschlau, à la tête de la 20e division prussienne, n'eut donc aucun mal à décimer l'armée de Bretagne. Le général Chanzy eut le culot d'imputer cette défaite aux hommes de Conlie, épuisés et affamés, que Gambetta considérait en vérité comme des chouans, donc des ennemis de la République.

Le plus étonnant est que le grand-père de Corentine, en racontant cette misérable épopée, ne conservait nulle rancœur de l'abominable trahison de la France et de la République, ne développait aucune revendication identitaire ni n'espérait le moindre dédommagement. Il la racontait simplement comme si était inscrit, dans son histoire bretonne et dans son âme celte, une prédestination au mépris et à la misère qu'il convenait d'accepter sans rechigner…

*

1. C'est là que se situe l'anecdote fameuse racontée par Morvan Lebesque dans son livre *Comment peut-on être breton ? Essai sur la démocratie française* (Éditions du Seuil, 1970). Les soldats bretons criaient au général de Marivault : *D'ar ger, ma general, d'ar ger,* qui se traduit par : *À la maison, mon général.* Comme le mot *ker,* maison, est suivi par *general,* il est prononcé avec un g. Marivault aurait alors répliqué : *Ah, les braves gens, ils réclament la guerre !* Cette histoire est aussi le thème de nombreuses chansons dont la plus connue est *Kerfank 1870* par le groupe celtique Tri Yann.

Dès l'entrée, l'odeur prit Corentine et Juliette à la gorge, une odeur de purin, de renfermé et de moisi que n'arrivaient pas à masquer les senteurs du feu qui crépitait dans l'âtre et les effluves du café maintenu au chaud au bord du foyer. Sur le sol en terre battue, s'ébattaient deux cochons qui ne risquaient pas d'y faire de dégâts, pas plus que les souliers boueux des visiteuses. Occupant le pignon en face de celui où s'adossait l'écurie, la vaste cheminée était noire de suie ; à sa gauche, des fagots et des bûches étaient entassés. Le mur à droite de l'âtre, lui, se composait d'une cloison de bois sculpté brillante de cire qui faisait miroiter les reflets des flammes. Un étranger aux coutumes de la Bretagne aurait peiné à repérer qu'il s'agissait de portes étroitement jointives donnant accès aux lits clos, celui des parents de Corentine où elle-même était née, deux autres où elle s'était entassée avec au moins un de ses frères et sœurs, parfois deux. Pour y monter, il fallait se faufiler dans une étroite ouverture et grimper sur une planche faisant office de marchepied. L'armoire de mariage de sa mère faisait suite aux lits clos ainsi que celle de sa grand-mère – qui avait vécu chez ses enfants jusqu'à sa mort. La tradition voulait en effet qu'en se mariant une jeune fille apporte son armoire décorée de sculptures et ornée de clous de cuivre. Les jeunes époux, souvent logés chez leurs parents au début de leur vie commune, pouvaient ainsi y ranger leurs objets personnels sans crainte de les mélanger avec les effets du reste de la famille. Entre les lits et les armoires,

un modeste vaisselier exhibait des écuelles et des bols de faïence.

En cette fin de matinée hivernale et brouillardeuse, il faisait presque nuit dans la pièce chichement éclairée par une seule petite fenêtre percée dans la façade. L'électricité n'était pas encore parvenue à Kersaludès et, l'eût-elle été, que personne n'aurait eu l'idée de l'allumer autrement qu'à la nuit totalement tombée. La table où s'était déroulée la vie sociale du groupe humain constitué par la famille Sinou avait été placée perpendiculairement à l'ouverture et encadrée par deux bancs. Au bas-bout, le fauteuil qui avait été celui de son père était occupé par un jeune homme décharné qui, en se levant, manqua de tomber.

— *Soñj 'peus doc'h Thomas, memestra ? Emañ 'wellaat ganin amañ. Distroet eo 'ba' ur stad truezek doc'h bro ar boched.* Tu te souviens de Thomas au moins ? Je suis en train de le remplumer. Les Boches ne nous l'ont pas rendu en bon état…

La façon dont sa mère s'était habilement dédouanée d'avoir vendu son fils à un marchand de main-d'œuvre aurait pu faire sourire Corentine. Mais ce sont les larmes qui lui montèrent aux yeux en le découvrant aussi pitoyable. Elle caressa la main de ce petit frère dont elle et ses sœurs avaient eu, pendant des années, intégralement la charge.

Pour calmer son émotion, elle regardait intensément le décor de la pièce qui lui parut infiniment plus petite que lorsqu'elle l'avait définitivement quittée le jour anniversaire de ses douze ans afin de se placer à Paris. Aujourd'hui, il lui paraissait à peine

croyable qu'une dizaine de personnes aient pu cohabiter dans cet espace d'à peine 40 mètres carrés encombré par un mobilier massif qui en réduisait la surface d'un bon tiers. Sans compter que ses sœurs aînées y avaient vécu avec leur époux au début de leur mariage en attendant de s'établir.

Sa mère l'invita à s'asseoir, servit le café au lait, remonta à l'aide d'une poulie fixée au plafond la cloche qui protégeait le plat de crêpes de blé noir. Puis elle installa Juliette à ses côtés en la serrant contre elle et lui fit boire son lait chaud avec mille tendres démonstrations. La chaleur eut tôt fait de plonger dans le sommeil la fillette épuisée par le trajet sur la route boueuse qui l'avait amenée à Kersaludès. Marie-Louise pouvait maintenant tout à loisir questionner sa fille sur les circonstances de son retour au pays et le contour exact de ses projets.

Corentine avait apporté dans son sac un joli châle et une paire de gants fourrés mais elle réalisa que ce cadeau ne serait pas le bienvenu. Bien au contraire, il risquait d'être ressenti par sa mère comme une aumône insultante. Viendrait bien le temps de les lui donner, quand les fils du dialogue commenceraient à se renouer. Il fallait laisser à Marie-Louise le beau rôle, celui de l'aïeule qui reçoit, qui conseille et à qui l'on doit rendre des comptes.

La jeune femme buvait donc son café à toutes petites gorgées, pour reprendre son équilibre et dompter le charivari émotionnel qui lui tordait littéralement les tripes. Le parler breton qu'elle n'avait quasiment plus entendu depuis des années, les remugles intacts

et puissants de la maisonnée, l'ambiance crépusculaire, tout ramenait une fois de plus Corentine au trou noir de chagrins qu'était pour elle son enfance.

II

Elle a quatre ans. Ce matin-là – c'est son plus vieux souvenir –, un bruit inhabituel envahit la maison alors qu'il fait encore nuit noire. Couchée aux côtés de son frère Jean-Alain qui dort profondément, elle a dans son dos la brûlure du tissu de chanvre enveloppant la paille du matelas sommaire qui garnit la couche. Les fétus sont de véritables aiguilles qui transpercent inéluctablement la housse au maillage trop lâche et jettent au-dehors du lit dès le réveil ceux qui seraient tentés de s'y attarder. Corentine entend des conversations, une voix de femme qui tonne des encouragements, des cris de souffrance aussi, le grincement de la chaîne du puits, le ronflement du feu. Elle pousse un peu la porte coulissante du lit clos pour voir ce qui se passe mais celle-ci est promptement refermée par son père.

— *Kouskit en-dro, plac'hig. N'eo ket ar c'houlz.* Rendors-toi, petite. Ce n'est pas l'heure !

La sommation ne tombe pas assez vite pour qu'elle ne puisse apercevoir le cercle des voisines et des parentes groupées autour de l'âtre dans une attitude

curieuse d'attente à la fois craintive et joyeuse et dans un bruissement incessant de bavardages murmurés à mi-voix. Pas de doute, la naissance du sixième bébé est imminente. Des vagissements soudains mettent debout les commères qui viennent aux nouvelles. Les trois sœurs du nouveau-né ont jailli des lits clos, dévorées par la curiosité et sans doute aussi pour profiter de la nourriture posée sur la table, sans compter la soupe au lard qui cuit dans le chaudron et dont on donnera une copieuse écuelle à l'accouchée dès que sa toilette aura été faite. Mais Corentine comprend aussi que, avec Jeanne et Louise, elles vont devoir s'occuper de lui en plus des besognes harassantes qui leur sont confiées, qu'elles seront encore plus à l'étroit dans le pauvre logis et que la nourriture sera toujours plus chiche.

— *Ur paotr eo !* C'est un garçon ! lance fièrement la mère Bourhis à la compagnie, et au père qui s'est réfugié dans un coin de la pièce.

L'homme a perdu de sa superbe habituelle, car visiblement, les femmes ont pris – momentanément – le pouvoir pour organiser ce rituel barbare mené par la vieille Bourhis, préposée depuis vingt ans au métier de sage-femme. Elle n'a aucune qualification, ne sait d'ailleurs ni lire ni écrire, mais est forte de la naissance de treize enfants tous vivants et d'une pratique héritée de sa mère, qui tenait pareillement le rôle de matrone. Les trois fillettes regardent le cérémonial sans en perdre une miette. Le bébé est malaxé avec vigueur, sa tête en particulier pour lui donner une belle forme arrondie, en n'ayant cure des hurlements du nourrisson. Puis la Bourhis l'emmaillote dans de

longues bandes de toile qui l'emprisonnent très étroitement, y compris les bras et les jambes, et le dépose dans son berceau, qu'on place sur le marchepied du lit clos de sa mère, en hauteur, afin d'échapper au groin des porcs. Pendant que la compagnie des femmes s'égaie pour porter la nouvelle alentour, la mère Bourhis s'éloigne un moment et laisse les parents délibérer sur les noms des parrain et marraine, qu'on ne peut choisir avant la naissance sauf à porter malheur à l'enfant.

Il faut maintenant que Jean Sinou revête ses habits du dimanche et se livre à une déambulation qui va durer toute la journée. Corentine se réjouit à l'idée de toutes les choses délicieuses bientôt servies pour fêter l'arrivant. Son père lui a permis de le suivre et part escorté par sa marmaille, laissant sa femme, son bébé et son fils de deux ans à la garde de la matrone. L'enfant est né le matin, il doit donc être baptisé dès l'après-midi, lui qui ne pourra être mis au sein de sa mère avant d'être devenu chrétien. Après avoir annoncé au parrain et à la marraine leur nouvelle dignité – qui les conduira à choisir le prénom –, les deux compères, liés à la famille par un vague cousinage, Marie-Anne et Joseph, sont ramenés à la ferme de Kersaludès pour y voir le petit, car ils n'accepteront la charge qu'après l'avoir contemplé. À la stupéfaction et au grand amusement de Corentine et de ses sœurs, la discussion sur le choix du prénom tourne à l'empoignade. Dès que les bolées de cidre se succèdent, les tempéraments s'échauffent. Pour un peu, ils se battraient ! Voilà, ce sera Yves !

La mère Bourhis reprend le commandement, charge le bébé sur un oreiller et toute la compagnie prend le chemin de l'église de Roudouallec dont le sacristain, dûment averti par la rumeur, fait déjà sonner les cloches[1]. Les parrain et marraine, réconciliés, suivent bras dessus bras dessous la vieille en bavardant et en forçant le pas. Corentine, du haut de ses quatre ans, a bien du mal à trottiner sur les trois kilomètres du trajet mais elle sait qu'il faut faire vite pour sortir son petit frère des griffes du diable et qu'elle n'aura le droit de l'embrasser qu'une fois l'ondoiement effectué. À l'entrée de l'église, le sacristain fait sonner trois fois la grosse cloche : c'est le salut d'un garçon[2]. Elle sonne à toute volée à la sortie ; le parrain jette alors les piécettes réglementaires aux gamins du village, qui se battent comme des fous pour les ramasser.

Suit le retour vers Kersaludès. D'abord avec un modeste repas de fête pris dans un estaminet puis en s'arrêtant dans tous les cafés, où chacun paie sa tournée tour à tour. Comme l'équipée n'est qu'une gigantesque beuverie, c'est un troupeau d'ivrognes qui regagne le lit. La mère Bourhis n'a pas bu que de l'eau et le nourrisson se voit bringuebalé, posé au hasard dans les salles où la joyeuse compagnie s'enivre. Corentine ne le quitte pas des yeux, luttant contre le

1. Lors du baptême de mon fils Pierre, dans la plus pure tradition bretonne, ma mère a exigé de porter l'enfant tout au long de la cérémonie, indiquant que c'était sa fonction puisqu'elle m'avait assistée pendant l'accouchement, mais ni celle de la mère ou de la marraine du bébé...

2. Une fille n'aurait eu droit qu'à deux coups de la petite cloche !

sommeil, surveillant que le coussin ne tombe pas du banc où on l'a abandonné et déjà s'opère la mystérieuse alchimie de la responsabilité : elle sait que c'est sur elle que reposera la sauvegarde de ce petit être.

*

Dans la petite ferme, sa mère est restée sous la surveillance d'une voisine obligeante qui a fait manger le petit de deux ans, Pierre, et l'a mis au lit. De temps en temps elle vient voir l'accouchée et surveille ses draps pour vérifier qu'une hémorragie ne risque pas de l'emporter.

Marie-Louise profite de ces quelques heures de repos, ne connaissant que trop ces tournées de beuverie sans lesquelles une fête en Basse-Bretagne n'en serait pas une. Elle se sent si mal, si broyée par la naissance, qu'elle compte bien utiliser les trois jours qu'on concède aux accouchées avant leurs relevailles, même si sa mère et ses sœurs se sont fait fort d'aller traire leurs vaches sitôt le bébé venu au monde. Elle sait aussi que ces journées vont se transformer en succession ininterrompue de visites, alors qu'elle n'aspire qu'à rester seule dans la tiédeur du lit clos. L'idée de devoir allaiter lui donne la nausée, songer à la bouche de l'enfant qui tète de plus en plus fort durant les deux ou trois ans où il est au sein, comme aux gerçures récurrentes sur le mamelon qui transforment l'opération en calvaire la fatigue d'avance. Les matrones disent que cela empêche de retomber enceinte, tu parles ! Elle nourrissait encore Pierre quand elle s'est aperçue qu'elle n'avait plus ses règles.

La mère de Corentine a la tête qui tourne en remâchant ses neuf ans de mariage marqués par six grossesses et repense à l'humiliation d'avoir dû annoncer à ses parents qu'elle attendait un enfant de Jean Sinou, qui l'avait mise enceinte lors d'un repas de noces. Certes, ils étaient déjà fiancés mais cela n'ôtait rien à sa honte ni à sa culpabilité. Elle avait dû se marier quelques jours avant la naissance de son aîné, sans aucune cérémonie, sans avertir personne, tellement la honte était puissante. Quelques jours après l'accouchement, grand-mère Jeanne était venue aux nouvelles, des voisines obligeantes lui ayant appris que sa petite-fille avait été aperçue en état de grossesse évident. La grand-mère était restée impavide, n'ayant pas été avertie officiellement mais, ce jour-là, elle voulait en avoir le cœur net. Une bonne femme, rencontrée sur le chemin, s'était jointe à l'expédition au motif de lui tenir compagnie, mais surtout désireuse de profiter du spectacle de l'inévitable scandale qui rabattrait le caquet d'une famille à laquelle on reprochait ses grands airs.

En entrant dans la salle, Jeanne regarda avidement sa petite-fille. Deux semaines après la naissance, celle-ci avait retrouvé sa taille de demoiselle. Jeanne se précipita vers elle et la fit tournoyer comme Marie-Louise le ferait, plus tard, avec Corentine à son retour de Paris. Triomphante, elle s'était tournée vers la voisine, dépitée, et avait claironné :

— *Ha neuze, ar plac'h-se zo 'tougen ?* Alors, cette fille-là est enceinte ? !

Mais, à ce moment précis, le nourrisson choisit de se mettre à hurler…

*

Dans la solitude du lit clos, Marie-Louise voit le cauchemar des jours reprendre et se dérouler sans échappatoire possible. Se lever au milieu de la nuit pour rallumer le feu et servir le repas du mari avant qu'il ne parte se placer comme journalier, puis faire le ménage du pauvre logis, lever les enfants, veiller aux prières, entraîner les aînés pour qu'ils assurent avec elle les corvées journalières, tirer l'eau du puits, cultiver le lopin autour de la maison, traire les deux vaches et curer l'étable, sans oublier de nourrir les porcs. La plupart du temps, à l'heure où l'aube pointe une faible lueur, elle partira elle aussi se placer dans une ferme plus importante. Elle fera cuire la bouillie d'avoine pour la maisonnée de ses employeurs et, en guise de salaire, ceux-ci l'autoriseront à ramener dans son tablier les restes qui auront collé au chaudron.

Marie-Louise imagine aussi le calvaire que sera la journée des relevailles. Alors que son accouchement date tout juste de trois jours, il lui faudra se rendre à pied à l'église pour l'office d'*an ilizamant,* s'agenouiller de longues minutes sous le porche de l'église afin d'être aspergée d'eau bénite, suivre la messe où seront bénis le pain et le gâteau que chacun se partagera après s'être signé, se voir infliger d'interminables prières et le même cérémonial, répété dans le chœur. Marie-Louise se souvient avec terreur des abominables tranchées qui lui ravageaient le ventre lors de la cérémonie ayant suivi la naissance de Pierre. Elle avait failli s'évanouir de douleur et était entrée dans l'église, blanche comme un linge, soutenue par la mère

Bourhis, avec des encouragements qui ressemblaient plutôt à une engueulade en bonne et due forme :

— *Arestit 'ta a ober ardoù... N'eus ket bet kement a stuz g'ho c'hoarezed... G'ar vezh 'peus lakaet war ho familh 'tlefe deoc'h chom fur...* Arrête de faire ta mijaurée... Tes sœurs n'ont pas fait tant d'histoires, elles... Après la honte que tu as fait subir à ta famille, tiens-toi...

Les commères ne s'étaient pas gênées, d'ailleurs, pour ricaner en douce de ce qu'elles considéraient comme une attitude manquant de dignité. Quand elle avait quitté l'église, elle s'était rendu compte, affolée, que l'arrière de sa robe était rouge de sang ; la matrone avait alors promptement enroulé son châle autour d'elle pour cacher le désastre.

Mais ce qui met Marie-Louise en rage au-delà de tout, à ce moment précis, ce sont ces inutiles dépenses de nourriture qu'il a fallu engager en s'endettant auprès de ses parents et qu'il faudra rembourser. Personne n'aurait compris qu'il ne soit pas servi à boire et à manger à satiété au long de ces trois jours, sans compter le déjeuner de relevailles, ce *friko ar c'homerezed*, ce banquet des commères, qui, dans la pauvre masure, va clore les festivités en son honneur et en celui de la mère Bourhis. Dire que, dans cette maison, on se prive de tout, que la plupart du temps ses enfants n'ont rien dans leur écuelle, que son mari, qu'elle sert debout tandis qu'il mange, est le seul à être relativement épargné par les privations. Pourquoi des journées de famine doivent-elles suivre ces agapes ?

L'enfant

Soudain, la rêverie entraîne Marie-Louise vers l'aventure qu'elle avait préparée... avant que le mariage et les grossesses ne l'interdisent à tout jamais.

III

Marie-Louise avait vingt ans quand, en 1881, son cousin Nicolas Le Grand avait été le premier habitant du canton de Roudouallec à émigrer aux États-Unis. Un départ accompagné de deux amis, Loetz Bourhis et Job Daouphars, avec qui elle avait passé toute sa jeunesse.

On crevait de faim dans les Montagnes noires et les exils avaient commencé, en fait, bien avant[1]. Le grand-père de Marie-Louise était parti au Canada et s'était embauché comme bûcheron dans la région

1. De 1880 à 1970, 11 500 personnes du canton de Gourin ont émigré aux États-Unis. Il y a aujourd'hui plus de 5 000 Gourinois à New York et seulement 4 000 à Gourin. Sur les sept enfants de Jean et Marie-Louise Sinou, deux ont émigré aux États-Unis, définitivement pour Marie-Louise qui portait le même prénom que sa mère et décédera à New York. Thomas, lui, partira pendant sept ans avec son épouse en laissant ses enfants à ses beaux-parents mais reviendra à Gourin. À la génération suivante, la dernière fille de Corentine, Francine, partira aux États-Unis et ses enfants sont américains. Son petit-fils Jean-Luc, second enfant de son fils Jean, émigra lui aussi. Jean-Luc, décédé en décembre 2017 à l'âge de cinquante-deux ans, après avoir été reconnu comme l'un des meilleurs sommeliers new-yorkais, était devenu un caviste renommé, lauréat de nombreux prix décernés par les plus prestigieuses revues américaines d'œnologie.

de Sherbrooke au nord des Grands Lacs avant de revenir à Gourin. Peu avant son mariage, la jeune fille s'était elle-même renseignée auprès des bureaux des compagnies de navigation, la Transatlantique et la Cunard, qui avaient ouvert des agences à Gourin et à Roudouallec, tenant lieu de véritables bureaux d'émigration et d'embauche et s'occupant de toutes les formalités. Il fallait avoir le parrainage d'un résident américain mais ce n'était pas ça qui manquait dans le cousinage : le prix du billet se révélait hors de sa portée et elle savait qu'il lui faudrait recourir à un emprunt familial. Surtout, ce que lui avait raconté son aïeul lui était resté en mémoire. Après quelques mois, il avait quitté le Québec pour aller couper le bois dans la province de l'Alberta où sévissaient des températures rédhibitoires et des conditions de travail inhumaines, alors elle voyait mal comment s'intégrer dans des communautés où l'offre d'emploi requérait une force physique masculine. Par ailleurs, les autorités canadiennes privilégiaient l'émigration anglophone, les Bretons étant de plus en plus marginalisés et considérés comme des bouseux. Mais, en revenant à Sherbrooke, le grand-père en avait profité pour descendre vers Boston ; les vertes prairies du Vermont et du New Hampshire l'avaient conquis et il s'était même payé le luxe d'aller jusqu'à New York où s'étaient déjà établis des cousins. Il avait décrit les riches demeures où un couple de Bretons pouvait trouver sans peine du travail, monsieur comme homme de peine et sa femme en bonne à tout faire. La rumeur publique avait aussi averti Marie-Louise des conditions effroyables de traversée, avec bagarres

autour de la nourriture, hygiène épouvantable sur l'entrepont dévolu aux immigrés et risques de viol menaçant de façon permanente les femmes isolées.

Elle avait donc soigneusement échafaudé un plan, choisi les États-Unis comme destination et décidé qu'elle ne pourrait tenter l'aventure que dûment mariée, donc protégée par un époux.

Quand Nicolas Le Grand était rentré des États-Unis quelques jours avant ses noces, elle avait déjà refermé la boîte de ses rêves, sa grossesse et son mariage précipité les ayant rendus dorénavant impossibles.

*

Un soir lors des veillées de retour, Nicolas avait raconté avec moult détails ses quatre ans outre-Atlantique. Marie-Louise n'avait pas perdu une miette de son récit. Avec Loetz et Job, il était parti à pied, en sabots, vers Le Havre. Les trois compères, ne parlant que breton et ne sachant ni lire ni écrire, portaient un brassard qui indiquait leur destination et le nom du bateau. Ils avaient débarqué à Fort Clinton, au sud de Manhattan, et très vite réalisé que ce n'était pas à New York qu'ils pourraient trouver du travail, d'autant que les habitants les avaient fraîchement accueillis dans la presqu'île de Manhattan où régnaient le meurtre, le racket et la prostitution. Alors qu'il était tailleur, Nicolas s'était donc embauché comme fondeur dans une aciérie de Pennsylvanie, gagnant un salaire qui apparut à Marie-Louise mirobolant : l'équivalent de 450 francs par mois alors que son

propre mari, Jean Sinou, touchait comme premier domestique de ferme 150 francs... par an ! Certes, il n'avait pas caché que les ouvriers y étaient traités comme des esclaves dans la chaleur épouvantable des hauts-fourneaux. Que la compagnie les logeait dans un dortoir où était pratiqué le système de la « chambre chaude » : trois ouvriers, moyennant une retenue sur leur paie, se partageaient une couchette dont les draps n'étaient quasiment jamais changés, avaient droit seulement à huit heures d'occupation et étaient réveillés sans ménagement par l'occupant suivant, qui s'écroulait alors harassé de fatigue après plus de onze heures de travail. Mais aussi, avait-il ajouté, qu'au réfectoire, la nourriture était bonne et copieuse, et que le système lui avait permis d'économiser la quasi-totalité de ses quatre ans de salaire. La description de cette existence américaine n'avait guère suscité d'apitoiement chez un public qui lui-même vivait dans des conditions de précarité et d'entassement bien pires. Nicolas Le Grand, aux yeux de toute l'assistance, apparaissait avant tout comme un homme riche ; ses récits avaient donc déclenché une vague de départs sans précédent, vidant le canton de ses éléments les plus dynamiques.

Quand il était reparti en 1890, ce n'était plus avec deux mais douze compagnons qu'il avait fait la traversée. Il était revenu en 1894 en racontant une nouvelle fois les péripéties de son odyssée américaine. Les larmes aux yeux, il avait décrit la statue de la Liberté nouvellement installée, qui l'avait en quelque sorte accueilli lorsque le bateau, toutes

sirènes hurlantes, était entré dans le port de New York[1] escorté par les bateaux-pompes :

— *Kavet 'm boa an tu da vont war ar pont. Difennet eo d'ar basajourien trived klas mont warnañ, goût a-walc'h 'rit. Met anavout 'raen unan doc'h ar stewarded ha 'giz-se 'oan bet laosket da vont. Na pegen brav 'oa ! N'emaoc'h ket evit kompren ! G'ar Frañs an hini eo emañ bet roet ar statu-se d'an Amerik. Lâret 'vez 'vez gallet pignal e-barzh siken.* J'avais réussi à monter sur le pont. Vous savez, ils interdisent aux passagers de troisième classe d'y aller. Mais je connaissais l'un des stewards et il m'a laissé m'installer. Ce que c'était beau ! Vous ne pouvez pas le croire ! C'est la France qui l'a donnée à l'Amérique, cette statue. Il paraît qu'on peut même monter dedans...

Les commentaires marquaient de l'incrédulité mais on n'osait mettre en doute les dires de celui qui était, maintenant, une vedette dans le canton. Nicolas avait alors montré une carte postale ramenée de son séjour.

Pour asseoir son expertise, il continuait :

— *Ma 'h it kuit du-hont, diwallit rak gante zo ur mod nevez d'ober bremañ. An Amerikaned 'deus savet batimantoù bras war un enez anvet Ellis Island, tostik-mat d'ar statu. Paseet 'oan dirak en ur zont en-dro war ma c'hiz. Pegen bras eo ! Eno 'vez graet an difraeoù evit mont tre 'ba'n Amerik.* Si vous partez là-bas, attention, il y a un nouveau système. Les Américains, ils ont construit des grands bâtiments

1. La statue de la Liberté a été inaugurée en 1886. Le centre de Ellis Island a été ouvert en 1892.

sur une île qui s'appelle Ellis Island tout près de la statue. D'ailleurs je suis passé devant en revenant. C'est immense ! Et c'est là qu'ils font maintenant les formalités pour rentrer aux États-Unis.

Les jeunes hommes qui suivaient cette veillée de retour avaient ensuite assailli Nicolas Le Grand de questions sur les modalités pratiques de départ, les salaires espérés, les difficultés rencontrées. Pas un homme, dans ces landes désolées des Montagnes noires, qui n'ait jamais rêvé de partir vers cet eldorado…

Quelques jours avant ses couches, invitée à la veillée, Marie-Louise avait écouté de toutes ses oreilles ce récit qui la taraudait de regrets. Elle avait tellement espéré pouvoir partir loin des chemins défoncés, des odeurs excrémentielles, des corvées. Elle s'était vue servant en maison aristocratique, tablier et coiffe empesés. Elle aurait appris l'anglais et les manières des dames. Elle aurait eu un beau logement de service…

Mais désormais elle était là dans le lit clos, le ventre démoli, incapable de se lever pour aller faire ses besoins, la paille et le chanvre lui labourant le dos. Avec six mioches à élever, l'espoir impossible que son mari retiendrait ses assauts au moins pendant quelque temps, et la perspective de crever de faim des jours et des jours.

Un bref moment, elle appela la mort. Mais l'idée que sa vie éternelle serait alors en jeu la retint.

IV

Si Marie-Louise se voit terrassée par une crise de désespoir mêlée de résignation, elle est loin d'imaginer que sa petite de quatre ans est habitée des mêmes sentiments d'angoisse devant les privations qui vont suivre ces gaspillages absurdes, auxquelles s'ajoutent en elle exaspération et révolte.

Aussi loin que la porteront, plus tard, ses souvenirs d'enfance, une sensation, une seule, reviendra hanter Corentine : avoir eu faim. Une faim tenace, persistante, douloureuse qui, la plupart du temps, l'avait empêchée de penser à autre chose qu'à l'attente du repas à venir.

*

Si l'aube marque l'heure rituelle du lever des enfants, il y a plusieurs heures que Corentine ne dort plus que d'un œil. Son père Jean est parti vers les 3 heures du matin pour se rendre dans les fermes où il se place. Marie-Louise, en chemise de nuit, s'est levée auparavant pour ranimer le feu et réchauffer une écuelle de soupe car il serait inimaginable, même

pour une tâche aussi simple, que Jean Sinou ne soit pas servi par sa femme restée debout à guetter la moindre mimique de mécontentement. Les coudes vissés sur la table, la tête près du breuvage, il avait lampé bruyamment, puis porté l'écuelle à sa bouche afin de ne pas en perdre une goutte.

L'homme ne s'est pas attardé, il avait de la route à faire et s'est assuré qu'il avait bien sur lui la cuillère de bois destinée aux repas qui lui seraient servis chez ses maîtres. Pas un mot n'aura été échangé entre les deux époux, pas un baiser n'aura été donné en quittant la maison. Ils ont accompli cette cérémonie nocturne quotidienne en état de semi-conscience, malgré le hameau traversé par toutes sortes de chuchotements, de grognements animaux, de bruits de pas qui indiquaient que l'heure du grand réveil n'allait plus tarder.

Pour Marie-Louise, vient maintenant le meilleur moment de sa journée harassante. Après avoir donné le sein à son dernier-né et s'être assurée qu'il la laissera ainsi tranquille, ce sont deux bonnes heures de sommeil qui l'attendent dans le lit clos où elle s'étire sans contrainte.

Corentine, dans la couche voisine, aime ce moment où, comme dans une bulle de sérénité, sa mère ne traîne plus sa mélancolie et ses gronderies.

L'aube met la maisonnée debout. Inutile de rêver glisser tout de suite les pieds sous la table. S'habiller ne prend que quelques minutes et passer un linge mouillé sur son visage en guise de toilette quelques secondes. Les prières du matin, prononcées à genoux, sont marmonnées car chacun est encore dans la torpeur de l'éveil. C'est le soir, à la veillée, autour du père,

que se feront les rituels pieux. Comme il est plus que temps de vaquer aux tâches qui vont mettre la petite ferme en état de fonctionner, chacun est requis à leur exécution. Les deux sœurs aînées, Jeanne et Marie, du haut de leurs dix et onze ans, sont déjà de petites femmes. Leur royaume, c'est l'étable. À force de privations, avec les sous patiemment économisés, le père a réussi à s'acheter deux vaches, véritable trésor qu'il faut bichonner. Les filles curent donc l'étable et regarnissent les litières. Elles mettent de la paille fraîche sur celle souillée par les excréments jusqu'à ce que cet entassement constitue une sorte de boue malodorante dans laquelle on peut s'enfoncer jusqu'aux genoux. Quand cela arrive, le père vient – s'il est là – à la rescousse, sort les vaches et entasse le précieux fumier au coin du bâtiment. S'exhale une odeur absolument épouvantable de l'opération qui contraint les protagonistes à sortir régulièrement des lieux sauf à périr asphyxié. Comme le fumier est entreposé à même le sol, du purin s'en écoule régulièrement, alimenté par les pluies qui en accélèrent le ruissellement. La cour devant la maison est souvent envahie par le liquide malodorant dont les effluves sont la signature olfactive de Kersaludès. Mais ses habitants y sont tellement habitués qu'ils n'en ressentent aucun dérangement. Deux fois par jour, les deux jeunes filles traient aussi les bêtes, en s'octroyant en douce quelques giclées de lait tiède tout en veillant à ce que leur mère ne les surprenne pas. Puis le grand pot est descendu au frais dans le puits. Aux beaux jours, on conduira le bétail vers les pâturages communaux.

*

La maison n'est pas restée inactive. Aidée de Corentine, Marie-Louise a balayé la terre battue souillée de la boue rapportée par les sabots et des excréments des porcs qui partagent la salle commune. C'est à eux qu'il faut songer dès le lever, en préparant leur pâtée dans un chaudron que l'on porte jusqu'à la mangeoire de la cour. L'enfant mobilise toutes ses forces pour aider sa maman à soulever la gigantesque gamelle. Elle voudrait arriver à faire cela seule pour préserver sa mère qu'elle voit, pâle comme un linge et épuisée, mais en essayant d'y parvenir quelques jours auparavant, elle a renversé le contenu malodorant et sa mère lui a flanqué une rouste mémorable avant de la dénoncer au père, à son retour. Celui-ci ne lève jamais la main sur Corentine, mais il s'est fendu d'une sévère admonestation. La fillette n'a pas essayé de s'expliquer ou de se justifier. Le père avait parlé, il ne convenait pas même de pleurer ou de s'excuser.

Vient enfin l'heure tant attendue, celle de se mettre à table. La soupe est maigre, quelques légumes, du chou en général, avec du lait et le pain rassis qu'on a mis à tremper au fond de la marmite. De temps en temps, un peu de beurre, encore mieux un morceau de lard qui donnera lieu à un découpage équitable au millimètre près. Il faut aussi en laisser pour le manger froid au déjeuner suivant. Quand le père n'est pas parti se placer à la journée, c'est à lui que revient la plus grosse partie de viande, personne n'aurait l'idée saugrenue de contester cette répartition. Pour autant, du lard, il n'y en a que quelques jours par an, lors des fêtes ou des journées de gros travaux. En vérité, il n'y aura pas une heure que la soupe sera avalée que Corentine aura faim. Déjà.

*

Pour le moment, Marie-Louise a renoncé à partir se placer. Les tétées données au dernier-né sont trop rapprochées et, dans l'état d'épuisement qui est le sien, elle ne se voit pas emprunter les sentiers boueux qui mènent aux fermes environnantes. Elle sait que l'économie familiale ne peut se passer longtemps des quelques dizaines de centimes rapportées par ses places, d'autant que Jean rêve d'acheter une jument et de bénéficier, ainsi, des aides du gouvernement qui promeut l'élevage chevalin, mais elle met à profit cette pause bien relative pour éduquer ses trois filles aux indispensables travaux de subsistance qui feront tourner la ferme, leur permettront de se placer à leur tour et, plus tard, de se marier. Baratter le beurre, bien garder le petit-lait qui en résulte – le lait ribot –, faire du lait caillé, cuire le pain, ramasser les pommes de terre et veiller à soigneusement les conserver, cueillir les pommes et faire le cidre qu'on doit pouvoir offrir à celui qui poussera la porte. Dans les plats servis, il n'y a guère de variante puisque la soupe est de rigueur le matin et, au repas du soir, se voit suivie de bouillie d'avoine ou de pommes de terre cuites à l'eau servies seules à midi. L'unique variante est d'être accompagnées de beurre, s'il y en a, et de lait. Ce dont raffole Corentine[1], c'est de mettre dans son écuelle du lait bien frais, de poser dans sa

1. Combien de fois en ai-je mangé avec elle ! Quand elle voulait me régaler, c'était le délice qu'elle me proposait et le choc entre la patate brûlante et le lait glacé était un plaisir absolu.

cuillère un morceau de pomme de terre brûlante trempé ensuite dans le lait ; le contraste lui paraît bientôt comme le summum des plaisirs qu'on peut rencontrer sur cette terre. Parfois aussi, le repas est réduit au strict minimum : un morceau de pain noir sur lequel on a passé une couche très fine de beurre.

Chaque jour la faim accompagnait la vie des gens, dans ce coin de Bretagne. Son grand-père maternel lui avait raconté l'épouvantable famine dont il avait souffert quand, en 1845, les pommes de terre s'étaient couvertes des taches noires du mildiou les rendant impropres à la consommation. Sa grand-mère avait dû mendier. On comptait alors à Gourin 569 mendiants dont 360 femmes pour un peu plus de 4 000 habitants. Ce récit terrible hante très vite Corentine, qui vit sans cesse dans la peur de voir s'abattre une nouvelle famine dont elle décèle les signes annonciateurs à chaque restriction alimentaire.

Bien que frustes, les préparations demandent beaucoup de temps et de travail. Marie-Louise a réservé à Corentine l'apprentissage d'une spécialité qui fait sa renommée et lui vaut son embauche partout aux alentours. On se dispute même, dans les fermes importantes, ses services lors des journées de gros travaux. Marie-Louise est la reine de la bouillie d'avoine.

Il faut d'abord griller la farine d'avoine pour la rendre bien sèche. Puis la mettre dans de l'eau légèrement tiède et la laisser gonfler toute une journée. Ensuite on presse le magma obtenu sur une mousseline de tissu pour en sortir le jus et chasser l'intense amertume de l'avoine. Si le processus est en lui-même exténuant, le pire reste à venir. La purée d'avoine est

mise sur le feu, on la tourne avec un bâton en bois jusqu'à ce qu'elle roussisse et que l'on sente qu'elle commence à attacher au chaudron. La ménagère, rouge de chaleur et trempée de sueur, est carrément dans l'âtre pour tourner et tourner sans s'arrêter, sous peine de voir apparaître des grumeaux qui la catalogueraient définitivement comme une incapable.

Il y a plusieurs façons de déguster cette préparation à la base de la nourriture de la famille Sinou[1]. Pas un jour ne passe sans qu'elle soit servie à un repas ou l'autre. Parfois une simple assiettée accompagnée ou non de lait frais, ou mieux dans le chaudron apporté sur la table. La mère de famille creuse alors un cratère pour y mettre du beurre et chacun se sert, avec sa cuillère, directement dans la marmite en prenant un soupçon du beurre avec sa cuillerée de bouillie. Mais ce que préfère Corentine, c'est la bouillie qu'on fait revenir, une fois refroidie, dans le beurre, friandise suprême que sa mère réserve pour les grandes occasions.

Chaque fois que ses innombrables corvées lui laissent un peu de répit, c'est à la nourriture que pense Corentine, aux bonnes choses qu'elle pourrait savourer sans contrainte, de la gratte de bouillie rissolée, des pommes de terre écrasées dans du beurre posées sur le bord d'une assiette de lait froid, une tartine de pain noir grassement beurrée, un morceau de lard pour elle seule qu'elle découperait en fines

1. Corentine a tenté toute mon enfance de me persuader que la bouillie d'avoine, c'était bon… Elle a essayé toutes les manières. Elle n'y est pas parvenue. La bouillie d'avoine, définitivement, c'est non !

lamelles afin de sentir à foison la douceur du gras fondre contre son palais.

*

— *Korantin, arestit 'ta a ober soñjoù ! Ha c'hwi 'gred e vo graet al labour dre c'hras Sant-Herve ? Ma Doue, met piv 'neus bountet ur verc'h sort-se ganin ! C'hoari a ra he friñsez…* Corentine, arrête de rêvasser ! Tu crois que le travail va se faire par l'intercession de saint Hervé ? Ma doué, mais qu'est-ce qui m'a fichu une fille pareille ! Elle se prend pour une princesse…

Sa mère n'arrête pas de la rudoyer, de l'humilier en la traitant de paresseuse ou d'incapable. L'enfant ne comprend rien à ce traitement de défaveur, redouble même d'efforts qui, en général, tournent à la catastrophe. La fillette a le sentiment de vivre dans un monde sans queue ni tête. Deux choses lui permettent heureusement de tenir, la certitude qu'un monde meilleur l'attend après la mort et la volonté de tout faire pour qu'un monde acceptable soit son lot sur cette terre.

Si elle avait pu se regarder dans une glace, Corentine aurait compris l'acrimonie et la rancune de Marie-Louise à son endroit. À quatre ans, elle a déjà cette beauté, cette fierté, ce regard droit sans arrogance qui en feront un être en suspension au-dessus de la trivialité et de la pauvreté de leur masure bretonne.

V

Les journées s'écoulent de façon monotone dans le hameau de Kersaludès. Corentine et ses deux sœurs, outre les corvées de la ferme, de la cuisine et de l'entretien de la maison, sont aussi les petites mamans des deux garçons plus jeunes. Changer le bébé, le nourrir de bouillie quand la mère n'est pas là, le bercer lorsqu'il braille, garder le petiot qui court partout, voilà leur lot. Les fêtes qui ont marqué la naissance d'Yves ne sont qu'un lointain souvenir et Marie-Louise a repris ses journées chez les différents cultivateurs qui l'emploient. Ses trois filles sont à l'ouvrage, les deux aînées ont elles aussi leurs patrons attitrés, mais ne se placent jamais en même temps pour réussir à assurer la garde des plus jeunes.

Corentine, âgée maintenant de six ans, parait plus vieille que son âge, tellement elle est grande et forte. Elle est devenue l'accompagnatrice attitrée de sa mère dans son travail de domestique – en quelque sorte la servante de la servante – et considère ce rôle comme une promotion puisqu'il lui permet de récolter quelques piécettes qu'elle remet soigneusement

dans l'économie familiale. L'enfant veut absolument faire bonne impression et surtout soulager sa maman qui, décidément, ne se remet pas de ses dernières couches. La fillette apprécie particulièrement les journées, bien trop rares à son goût, passées à servir chez un marchand de chevaux. La maison, cossue, lui paraît un véritable palais, avec de grandes chambres au sol couvert de parquet à l'étage, une vaste salle carrelée et cet évier tellement commode pour faire la vaisselle. Et puis surtout, surtout, la nourriture y est délicieuse, avec du beurre qu'on fait dégouliner sur les pommes de terre, de la soupe grasse de lard, de la viande à tous les repas. Seul problème, sa mère en profite, quand elles rentrent, pour la mettre au lit sans souper. Tant pis, le festin du midi l'a repue et elle en garde les saveurs dans sa bouche en s'endormant.

*

Le fils aîné, Jean-Alain, va à l'école à Gourin depuis un an comme pensionnaire, statut d'écolier qui lui confère un prestige immense auprès de ses sœurs – dont aucune ne sait lire et écrire.

Si les dépenses nécessaires pour mettre leur fils aîné en pension avaient été un sujet de débat dans le ménage Sinou, le choix de l'école n'avait posé aucun problème : leur garçon ne pouvait être instruit que dans une école catholique.

Jusqu'à l'édiction des lois de Jules Ferry, les seules institutions d'éducation de Gourin étaient tenues par des religieux. Tandis que l'école des garçons était menée

par les Frères de Ploërmel, il existait deux institutions pour les filles, le couvent blanc tenu par les Filles du Saint-Esprit et le couvent bleu dirigé par les sœurs de Saint-Joseph de Cluny[1]. Des établissements inaccessibles à des gens aussi pauvres que les Sinou. Et pour cause, la distance qui séparait Kersaludès de Gourin – huit kilomètres – était trop importante pour qu'un enfant effectue un tel trajet soir et matin et nécessitait d'avoir recours à l'internat, payant évidemment. De plus, il fallait rétribuer les enseignants qui ne vivaient que de ces recettes, 2 francs par mois pour apprendre la grammaire, la lecture et l'écriture, 1,50 franc pour la lecture et l'écriture, 1 franc pour la lecture seule. Des frais impossibles pour la plupart des cultivateurs du canton. Certes, en mairie, on pouvait demander des aides, mais Jean Sinou était bien trop fier pour aller mendier et se voir ainsi classé parmi les indigents.

En 1881, la mise en œuvre de l'école gratuite et obligatoire de 7 à 13 ans allait, dans un premier temps, poser à Gourin plus de problèmes qu'en résoudre. En 1885, l'école publique de garçons ouvrait, suivie de peu par celle de filles. Mais la méfiance était grande dans cette population où l'Église catholique régnait et régissait tout. Les édiles gourinois auraient voulu que l'école publique soit dirigée par les Frères de Ploërmel, lesquels tenaient un internat indispensable. Sans succès. Il fallut même que le préfet s'en mêle et chasse les religieux de l'école publique en décembre de l'année suivante, ce malgré l'avis du sous-préfet qui, lui, avait compris le ressentiment

1. J'ai été scolarisée dans cet établissement durant ma septième.

de la population. L'affaire, qui fit scandale dans le canton, fut vécue comme une véritable attaque des « rouges » contre la religion. Les Frères de Ploërmel ne s'en laissèrent pas conter et ouvrirent immédiatement une école catholique, l'école Saint-Yves. Celle-ci fit péricliter l'école publique, qui bientôt ne compta que deux classes sur les six prévues au départ, l'instituteur se servant des pièces vides pour entreposer du fourrage... Ce fut pire pour les filles, dont l'effectif ne dépassa pas vingt élèves. Une désaffection aggravée par les difficultés de recrutement des enseignants et par les fréquents départs des instituteurs, qui ne restaient pas longtemps dans une commune aussi déshéritée. Il fallut plus de vingt ans à l'école publique pour trouver sa place, demeurant longtemps dans la conscience collective comme celle des indigents et des mécréants.

Il n'est donc pas étonnant de constater que, dans cette région des Montagnes noires, malgré les lois de la République, à la fin du XIXe siècle de nombreux enfants n'étaient pas scolarisés et les filles représentaient le gros bataillon des analphabètes.

*

Corentine sait donc que l'école ne sera jamais pour elle et n'en conçoit ni regret ni amertume. D'une certaine façon, apprendre à lire et à écrire l'aurait coupée des siens. Se dévouer à sa famille, protéger sa mère, ses frères et sœurs, faire ses prières, obéir à son père, sa vie est devant elle.

Mais la catastrophe qu'elle craignait se préparait.

*

Mi-août 1896. La journée de moisson avait été épuisante et la ferme où Marie-Louise avait été embauchée pour cuire la bouillie d'avoine était située à quasiment deux heures de marche de Kersaludès. La petite fille et sa mère étaient parties avant l'aube d'un bon pas, d'autant qu'en cet été triomphant le chemin était bien sec. Corentine avait tout de suite repéré le regard éteint de Marie-Louise et la façon si particulière qu'elle avait eue de tenir ses reins pendant qu'elle tournait la bouillie dans le chaudron. Comme seuls les moissonneurs avaient eu le privilège de s'asseoir à table, elles étaient allées avaler leur écuelle dans la cour après les avoir servis. Il avait fallu ranger, tremper la soupe et repartir alors que le ciel rougeoyait.

— *Ma merc'h paour, emaon erru skuizh, emaon 'vont d'azezin̈ da ziskuizh ur pennadig.* Petite, je suis fatiguée, je vais m'asseoir un moment.

Marie-Louise s'affaissa littéralement sur un tronc d'arbre abattu au bord du sentier. Des minutes s'écoulèrent. La pause s'éternisant, Corentine comprit qu'il se passait quelque chose mais ne dit rien : il ne fallait poser aucune question. Et puis, tout à coup, sa mère s'était mise à pleurer. Non pas quelques larmes, mais de gros sanglots qui soulevaient sa poitrine et faisaient trembler tout son corps. La fillette aurait voulu la réconforter, l'assurer de son soutien, se blottir contre elle, lui caresser la main, mais elle ne connaissait que trop la phrase fameuse que sa mère lui lançait quand, plus jeune, elle quémandait un baiser :

— *Ki a lip a ro c'hwen !* Chien qui lèche donne des puces !

C'est sa mère qui lui prit le bras, tordit un sourire et tenta de la rassurer.

— *Mont 'ra, re domm emañ bet hiziv... g'ar skuizhder... Hag... klevit 'ta, emaoc'h 'vont da gavout ur breurig bihan pe ur c'hoarig vihan, emberr... Neuze, emaon skuizh un tamm, met mont a ra, mont a ra... Daomp d'ar gêr, mont 'ray gwelloc'h... Re domm 'oa... Ur breur bihan...* Ce n'est rien, la journée était trop chaude... Un coup de fatigue... Et puis, tu sais, bientôt tu vas avoir un petit frère ou une petite sœur. Alors, je suis un peu fatiguée, ce n'est rien, ce n'est rien... On va rentrer, ça ira mieux... Il faisait trop chaud... Un petit frère...

La pauvre femme répétait mécaniquement ces mots sans suite en se levant péniblement. Pendant tout le trajet jusqu'à Kersaludès, elle marmonna comme si la raison l'avait quittée.

Corentine, elle, avait compris que des choses terribles ne manqueraient pas de se produire, que l'existence qu'elle s'était imaginée n'était plus possible et que ce futur bébé signait la fin de son enfance.

VI

L'automne et l'hiver 1896-1897 furent un cauchemar pour la famille Sinou. En temps ordinaire, le travail était déjà rude, là, il le devint plus encore. Le froid humide qui sévissait sur la terre bretonne rendait tout plus difficile. Les chemins qui desservaient les hameaux dispersés se voyaient enfouis dans des haies touffues et devenaient de véritables fondrières, la haute végétation occultait la lumière et faisait régner l'obscurité une grande partie du jour. Selon une coutume ancestrale, l'eau y circulait dans une profonde rigole centrale et non sur des fossés latéraux qui auraient permis le passage de charrettes ou de carrioles à bras. De plus, ces tunnels végétaux embourbés suivaient d'improbables limites de propriétés construites au fil des générations qui faisaient redoubler la longueur des trajets. Parfois le chemin se dégageait pour serpenter à travers une lande difficilement praticable. Se procurer, à Roudouallec ou à Gourin, les quelques denrées qui ne relevaient pas de la production familiale, le café par exemple, prenait donc plusieurs heures.

Aller au lavoir était la pire des corvées. Transporter plusieurs dizaines de kilos de linge dans une brouette qui ne manquait pas de verser à plusieurs reprises tant le chemin était hasardeux, puis procéder au savonnage, battage et rinçage des lourds draps de chanvre dans l'eau glacée constituaient un véritable supplice, même si les bavardages et les ragots échangés à cette occasion permettaient de se tenir au courant des événements petits et grands de la communauté et d'alimenter la conversation des veillées.

Dans une famille aux revenus principalement constitués par les gages résultant des journées effectuées dans des exploitations plus importantes, l'hiver était une période creuse où il fallait rogner sur tout et principalement sur la nourriture. Les réserves de vivres fondaient à vue d'œil et tout était partagé parcimonieusement.

Mais ce qui avait complètement détruit l'équilibre économique familial et perturbé la sérénité des liens affectifs, c'était l'état de santé de Marie-Louise. La crise dont Corentine avait été la spectatrice n'avait pas cédé au repos. Pis, elle s'était transformée en une dépression profonde qui rendait sa mère incapable non seulement de se placer comme domestique, mais également d'effectuer la plupart des travaux ménagers qui étaient son lot. C'est ainsi que la corvée de lavoir ou la préparation des repas qu'elle effectuait habituellement était maintenant assurée par les deux aînées, aidées de Corentine. Pour la petite, cette tâche tournait au calvaire. Comme la presque totalité des habitants du canton, elle avait ses extrémités atteintes par une gale récurrente. La plupart des gens

n'en étaient pas gênés, mais comme elle souffrait par ailleurs d'eczéma sévère, elle revenait du lavoir les mains en sang. Qu'elle entourait de linges pour éviter de souiller la nourriture et les vêtements. Le plus terrible, pour elle, était d'enlever ces linges, pour aller à la communion par exemple, car sa peau partait avec le pansement et laissait sa chair à vif. Notons qu'il ne venait à l'esprit de personne d'envisager d'envoyer à l'école les trois filles qui, pour les deux aînées, relevaient pourtant de la scolarité obligatoire depuis plusieurs années.

*

Les mois passèrent. En novembre, Marie-Louise entama son cinquième mois de grossesse. Non seulement la situation ne s'améliorait pas, mais chacun comprenait qu'en vérité elle se laissait mourir. Un dimanche, le curé de Roudouallec s'était déplacé pour lui apporter le sacrement des malades. Mais l'heure n'était pas venue. La mère s'était confessée, avait communié et la cérémonie l'avait un peu rassérénée… Et puis elle était retombée dans sa sorte de catalepsie morbide.

Convoquée, la mère Bourhis avait dû avouer son impuissance. Alors Jean avait demandé à une sœur du couvent blanc, qui se livrait à quelques soins courants, de venir examiner son épouse. La religieuse, épouvantée, n'avait pu que constater les dégâts profonds que six accouchements mal conduits avaient occasionnés chez la pauvre femme, la laissant quasiment infirme en l'obligeant à se protéger continûment sous

l'effet de saignements récurrents, d'incontinence urinaire et d'une déchirure périnéale qui allait jusqu'à l'anus. Constatant qu'une nouvelle grossesse était en cours, la religieuse avait conseillé de faire venir le seul médecin qui exerçait à Gourin. Une dépense considérable à laquelle Jean s'était résolu sans barguigner, tellement la situation était désespérée.

Ce jour-là, Corentine et ses sœurs avaient briqué le pauvre logis, changé les draps de leur mère. La maisonnée attendait de pied ferme le docteur. Joseph Lohéac arriva à cheval, fit sortir tout le monde de la pièce. On ne sait ce qui fut dit et fait dans cet échange avec Marie-Louise mais le temps parut long et le silence pesant. Quand il sortit, il enjoignit aux enfants frigorifiés de rejoindre le foyer et prit Jean à part.

Corentine, qui voulait savoir, s'était cachée pour écouter la conversation.

— *Sovet 'vo ganeoc'h, aotrou doktor ?* Vous allez la sauver, docteur ?

— *Yann, mont 'rin tre g'an hent. G'he stad me 'ziali ac'hanoc'h groñs da lezel anezhi etre daouarn an intron Bourc'hiz. N'eo ket mui e dalc'h ganti.* Jean, je ne vais pas y aller par quatre chemins. Vu son état, je vous déconseille formellement de la laisser entre les mains de Mme Bourhis. Cela n'est plus de son ressort.

— *Me 'c'hallfe goulenn gant seurez ar gouent wenn dont en-dro war he c'hiz ?* Je peux faire revenir la sœur du couvent blanc ?

— *Ne vo ket trawalc'h. À p'he do ganet ar c'hrouadur bihan e vo ret operiñ anezhi ; ne vin ket gouest evit gober an dra-se ken 'met 'ba' ma c'habined.* Ce ne sera

pas suffisant, il faudra faire suivre l'accouchement d'une intervention chirurgicale et je ne peux y procéder que dans mon cabinet.

Face à Jean Sinou blanc comme un linge, Joseph Lohéac asséna le coup de grâce :

— *N'emañ ket sur 'vin gouest evit soviñ anezhi. Met un dra zo sur atav : ma tafe dezhi kaout ur c'hrouadur all e vefe lazhet gantañ ha dav 'vo deoc'h, Yann, ober doc'h kement-se.* Je ne suis pas sûr de la sauver. Mais une chose est certaine : un nouvel enfant la tuerait. Il vous faudra, Jean, prendre des dispositions en conséquence.

Corentine se demanda un bref instant ce que pouvait bien signifier « prendre des dispositions en conséquence », mais vite sa pensée vagabonda ; une vérité lui apparut : la vie allait devenir de plus en plus dure et incertaine à Kersaludès. Aussi il lui fallait tout faire pour que tout aille du mieux possible, obéir à tout ce qu'on lui commanderait, arrêter de rêver aux bons plats qui la faisaient saliver, ne plus taquiner son petit frère et ne manquer aucune de ses prières.

*

Les quatre mois qui suivirent furent en suspension. Chaque soir, comme à l'accoutumée, les six enfants se regroupaient autour du père et l'écoutaient lire la vie des saints. Si au regard du ministre de l'Instruction publique d'alors, Alfred Nicolas Rambaud, Jean Sinou était certainement un analphabète, la réalité se révélait bien différente. Car il lisait parfaitement le

breton, qu'il n'avait pas appris à l'école mais sur les genoux de son père comme pratiquement tous ses camarades et comme, de la même façon, il l'apprenait à ses enfants[1]. Le curé de la paroisse avait parfait son enseignement avec le catéchisme et les prières lues en breton. Si bien qu'à la veillée, après la lecture, ces dernières étaient faites et les saints protecteurs implorés avec ferveur afin que Marie-Louise se rétablisse.

La fête de Noël avait constitué une brève parenthèse. Pas de sapin mais une bûche décorée mise dans l'âtre, pas de jouets, pas de réveillon plantureux. Jean Sinou et ses enfants s'étaient rendus à la messe de minuit de Roudouallec, laissant Marie-Louise à la garde d'une voisine. Ensuite, un bref en-cas avait été servi à la maison dont la seule gâterie était du boudin que Corentine avait trouvé vraiment délicieux avant de s'en vouloir d'une gourmandise qui contrevenait au serment de sacrifice qu'elle s'était fait pour sauver sa mère. Le lendemain, chaque enfant avait trouvé dans son sabot un petit gâteau verni de sucre glace, seul cadeau marquant le 25 décembre.

*

Durant cette attente, les visites n'avaient pas manqué, la solidarité n'étant pas un vain mot en

1. C'est avec indignation que je vois le mépris avec lequel la France considérait ses enfants bretons comme des arriérés, alors qu'ils étaient pétris d'une langue et d'une culture magnifiques... Le plus confondant, c'est que Corentine est restée persuadée qu'elle n'avait pas appris à lire, car pour elle, l'instruction, la vraie, était de pouvoir lire en français. Il est étonnant de constater à quel point des populations humiliées intériorisent une prétendue « infériorité ».

Basse-Bretagne. On prenait des nouvelles, on amenait quelques douceurs, on proposait d'apporter des courses ou de s'occuper des enfants. La famille mais aussi les employeurs des Sinou se faisaient un devoir de pousser la porte du petit enclos. Dans ce défilé, un ménage s'était fait remarquer. Le marchand de chevaux accompagné de son épouse, celui dont la maison impressionnait tellement Corentine, était venu à plusieurs reprises. L'homme s'asseyait à table avec son père et la femme restait près du lit pour faire la conversation avec Marie-Louise.

Corentine, préposée aux soins de la maison, continuait pendant ce temps à s'activer aux tâches devenues son lot quotidien.

— *Ma, ur plac'hig vat 'peus aze ! Kourajus eo ha nerzh zo dezhi.* Eh bien, dites-moi, vous en avez une bonne petite ! Elle est bien courageuse et bien forte.

L'épouse du marchand avait renchéri :

— *C'hwi 'oar emañ daet d'ar gêr da sikour ha gall' 'ran lâret ne chom ket da genveurat.* Tu sais, elle est venue à la maison pour aider et elle ne reste pas les deux pieds dans le même sabot.

Et d'ajouter en souriant :

— *Goût 'ra gober kement tra zo tout, ha yod-kerc'h siken !* Elle sait tout faire, même la bouillie d'avoine !

Corentine n'avait pas prêté attention à cet échange, qui relevait pour elle d'une politesse convenue. Toutefois, lors d'une de ces rencontres, sa mère lui avait demandé de sortir, au motif que ses parents avaient à discuter de sujets de « grands ». Pour une fois qu'on ne lui reprochait pas de bayer aux corneilles quand elle arrêtait de travailler un moment, la petite en

avait profité pour pratiquer son jeu préféré : faire le tour du jardinet à cloche-pied en chantonnant une comptine.

Elle comprendrait plus tard que c'était à ce moment précis que le complot avait été ourdi.

Les semaines et les jours s'accélérèrent. Jusqu'à un matin de la fin mars 1897 où Jean Sinou emprunta une charrette et un cheval à un voisin et conduisit sa femme chez le docteur Lohéac.

VII

Les choses semblaient rentrer dans l'ordre. On avait annoncé qu'un petit Thomas était né et que « tout s'était bien passé ». Le retour de Marie-Louise n'allant pas tarder, Corentine se réjouissait déjà des festivités que la présentation du bébé au voisinage allait occasionner. Il n'y aurait pas de baptême proprement dit puisque le petit avait été ondoyé dès sa naissance, mais une messe d'action de grâces suivie d'un déjeuner familial.

Avant le retour de sa femme, le père avait monté au cœur de l'étable une cloison en bois et installé dans l'espace ainsi aménagé un châlit qu'un parent menuisier avait apporté un beau matin. Visiblement, il avait l'intention de dormir dans ce gourbi[1], ce qui avait mis Corentine au comble de la stupéfaction. Un peu gêné, Jean Sinou avait assuré à sa fille :

— *Ho mamm zo gwall skuizh, c'hwi 'oar 'walc'h, hag afer 'deus a ziskuizh. Gwelloc'h 'vo evit tout an*

1. En tout cas, Thomas fut bel et bien le dernier enfant du ménage…

dud. Jeanne zo daet bras bremañ. Hi 'n hini 'savo da alej ar soubenn. Ho preudeur, ho c'hoarezed ha c'hwi, 'vo ret deoc'h sentiñ diouzhtu. Tu sais, ta maman a été très fatiguée et elle a besoin de se reposer. Ce sera mieux pour tout le monde. Jeanne est grande maintenant. C'est elle qui se lèvera pour la soupe. Avec tes frères et sœurs, il vous faudra être très obéissants.

Il paraissait encore plus contraint que d'ordinaire et regardait la pointe de ses sabots comme s'il ne pouvait affronter en face le clair regard bleu de sa fille :

— *Na c'hwi dreist-holl, Kora... ur wech dre vare c'hwi 'ra ho penn kalet hag an dra-se 'zegas trubuilh deomp, d'ho mamm ha din-me...* Toi surtout, Cora... ajouta-t-il. Quelques fois, tu fais la forte tête et ça nous fait du souci à ta mère et à moi...

Ce coup-ci, son père aussi s'y mettait au mode accusatoire et culpabilisant. Elle ne comprenait décidément rien à ce procès récurrent, cherchait les failles de sa conduite sans les trouver et allait même jusqu'à en inventer parfois pour les reconnaître en confession. Si ses parents lui en faisaient grief, il ne fallait pas se poser de questions : forcément, c'était sa faute.

*

Quelques jours après le retour de Marie-Louise, un matin, Jean s'absenta au motif d'avoir été appelé en renfort dans une ferme du hameau. Il n'avait pas tourné les talons que déjà retentissait sur le chemin le bruit reconnaissable de la carriole du marchand

de chevaux. Corentine sortit pour rappeler son père, mais celui-ci s'éloignait à toutes jambes comme s'il avait le diable à ses trousses.

Le marchand n'était visiblement pas ici pour une visite d'agrément. Il salua Marie-Louise, la complimenta rapidement sur le nouveau-né et lança tout à trac :

— *Ma, daet on da gerc'hat Korantin giz oa bet lâret ganeomp.* Eh bien, voilà, je suis venu chercher Corentine comme nous en sommes convenus.

La petite crut d'abord qu'elle allait passer quelques heures dans la ferme de Kerbiquet, mais lorsqu'elle aperçut sur la table un linge noué qui contenait son modeste trousseau, elle blêmit. Souriante et faussement enjouée, sa mère lui dit :

— *Chañs 'peus, ma merc'h paour ! An aotrou 'neus asantet kemer ac'hanoc'h en e servij. Emaoc'h 'vont da labourat 'ba' e vrav a di. Bennozh Doue zo warnoc'h...* Tu en as de la chance, petite ! Monsieur a accepté de te prendre à son service. Tu vas aller dans sa belle maison. Vraiment, tu es bénie...

L'homme, bien campé sur ses jambes, sortit un portefeuille en cuir brun épais, en fit glisser plusieurs billets et en mit à peu près la moitié sur la table :

— *Setu ar gopr evit ar c'hwec'h mizvezh kentañ. Lojet 'vo g'ar verourez, dilhad prop ha boued dezhi. D'ar Sul vintin e hallo mont d'an overenn.* Voilà les six premiers mois de gage. Elle sera logée avec l'intendante, blanchie et nourrie. Elle aura son dimanche matin pour aller à la messe.

Alors il posa le reste des billets :

— *Setu ar pezh zo bet divizet ganeomp.* Ça, c'est ce que nous avons décidé entre nous.

La terre s'ouvrit sous les pieds de Corentine. La vérité surgissait comme un poignard, Marie-Louise l'avait vendue au marchand de chevaux ! Tout s'éclairait : les remontrances incessantes de sa mère qui avait monté ce piège de longue main, les phrases emberlificotées de son père l'appelant à l'obéissance, sa fuite du matin pour échapper à la détresse de sa fille. L'enfant allait partir sans même le revoir, sans dire adieu à ses sœurs, sans embrasser Pierre et Yves, dont elle s'occupait depuis trois ans. Elle regardait avec désespoir le modeste logis lorsque la voix du marchand retentit sans brutalité. Il avait compris que les parents n'avaient pas eu le courage de prévenir leur enfant, ressenti le drame intime qui se jouait et jugé préférable d'abréger :

— *Daomp, ma merc'h, daomp 'ba' an hent. Ne chomimp ket da ruzal. Labour zo warnin. Emaon 'vont da dapout hoc'h aferioù hag emaoc'h 'vont da bignat 'ba'r c'harr, kentizh ma 'po lâret kenavo d'ho mamm.* Allons, allons, petite, en route. On ne va pas traîner. C'est que j'ai des choses à faire, moi. Je prends tes affaires et tu vas vite monter dans la charrette, une fois que tu auras embrassé ta mère.

La réaction de Corentine fut totalement inattendue et le cloua au sol. L'enfant poussa un cri sauvage, puis se mit à hurler. Pas à pleurer, à gémir ou à sangloter. Non, à hurler. Le hurlement profond d'un animal qu'on met à mort. Un hurlement de désespoir absolu, brut, qui ne demandait rien, ni grâce, ni délai.

Ceux qu'elle aimait par-dessus tout l'avaient trahie et abandonnée, poussés par la misère et la lâcheté.

Aussi brutalement que le hurlement avait jailli de sa poitrine, il s'arrêta. La fillette ne se retourna pas vers sa mère, repoussa sa main qui voulait la bénir, prit ses hardes des mains du marchand de chevaux pour lui signifier qu'elle était capable de mener sa vie par elle-même et alla, digne, s'asseoir sur le banc de la carriole. L'homme monta prestement, fit claquer son fouet et tous deux partirent sans un regard pour la masure.

À sept ans, Corentine était devenue adulte.

VIII

Une pluie fine et persistante s'était mise à tomber. L'homme les avait aussitôt couverts avec une sorte de bâche cirée après avoir étendu une couverture sur leurs genoux. Corentine se sentait protégée comme si elle gisait au fond d'une grotte. Elle ne parvenait pas à penser, à mettre ses idées au clair, à imaginer la suite. La jument trottinait, courbait le col, évitait le mieux possible les fondrières et lançait de temps en temps un joyeux hennissement. Aucun mot ne fut échangé entre eux. Corentine, inquiète, s'était recroquevillée au bout de la banquette pour éviter tout contact physique avec ce monsieur qui lui semblait un géant menaçant. Pas habillé comme son père, encore vêtu du costume traditionnel avec les culottes remontées dans les bas en laine tirés jusqu'aux genoux et la veste courte en lainage noir, et toujours chaussé de sabots, son nouveau patron arborait un costume de velours, une chemise et une cravate, une casquette à visière ainsi qu'une superbe paire de bottes qui brillaient comme des miroirs.

Du coin de l'œil, elle l'observait non sans surprise et crainte.

Quand ils arrivèrent, après une bonne heure de trajet, la patronne les attendait sur le pas de la porte :

— *Dait, ma merc'h paour, dait tre da glask tommder ! Emaoc'h 'vont da gemer ur volennad laezh ha krampouezh ha goude-se Marc'harid 'savo ul lec'h 'vidoc'h.* Arrive, petite, viens te réchauffer ! Tu vas prendre un bol de lait et des crêpes et puis Marguerite t'installera.

La pile de crêpes et la motte de beurre s'offraient sur la table, mais pour la première fois de sa vie, Corentine n'avait pas faim : elle voulait savoir ce qui l'attendait. Prudente, elle se força ; il n'aurait pas été poli de refuser.

Marguerite la prit en main. Le rez-de-chaussée de la maison était séparé en deux pièces. Il y avait la grande salle, que connaissait déjà Corentine, avec, sur le mur en face de l'âtre, une porte qui donnait sur une sorte de capharnaüm assez incroyable. De vieilles armoires, des coffres, des ustensiles de cuisine, du matériel de culture s'étalaient en un grand débarras où un étroit cheminement désencombré menait à un lit clos assez vaste.

Marguerite papotait et assourdissait les oreilles de la fillette d'une foule de renseignements que l'enfant avait du mal à classer. Marguerite, femme du premier valet et le bras droit de la maîtresse de maison, lui fit d'emblée comprendre qu'ils étaient gens d'importance et que rien ne se décidait sans eux.

— *Aze emaoc'h 'ba'r gêr, ma merc'h ! Ho-hun e vec'h 'ba' ho kwele. Chañs 'walc'h 'peus.* Te voilà chez toi, fillette ! Tu seras toute seule dans ton lit. Tu as bien de la chance.

Depuis ce matin, décidément, tout le monde voulait la convaincre qu'elle avait de la chance…

— *Pozit hoc'h aferioù ha dait da'm c'haout 'ba'r sal. Ha kerkent ma 'po un tamm amzer, grait un tamm rañj 'ba'r voutik-se. Pa vimp komañset da foennat ha da eostiñ hor bo afer doc'h an oaled ha doc'h ar sal evit ar vevelien a zay. 'Mañ ket an traoù 'vont g'an dour, met an abretañ 'vo ar gwellañ.* Pose tes affaires et viens me rejoindre dans la salle. Tiens, quand tu auras un moment, tu rangeras un peu ce fourbi. Lorsque la fenaison et les moissons vont commencer, on aura besoin de l'âtre et de la salle pour les domestiques qui viendront. C'est pas pressé, mais le plus tôt sera le mieux.

Corentine commençait à comprendre le rôle qui lui était dévolu, le même finalement que celui qu'elle exerçait auprès de sa mère lorsqu'elle allait se placer : être la servante de la servante. Un statut dont elle connaissait parfaitement le fonctionnement : une fois que les choses iraient leur train, les compliments seraient pour Marguerite, mais en cas de retards ou de difficultés, ce serait sa faute, à elle. Pas de problème, elle était habituée.

— *Ma vezit jentil, me 'bresto ur brav a vouchouer-goûg deoc'h da vont d'an overenn. Alkent ! fall wisket oc'h…* Si t'es gentille, je te prêterai un beau fichu pour aller à la messe. Parce que vraiment, t'es rudement mal fagotée…

Décidément, les compliments ne seraient pas pour tout de suite…

Elles firent ensemble le tour de la maison, visitèrent les chambres aux lits recouverts de draps frais, chacune possédant une table de toilette avec cuvette et broc.

— *Ho labour-c'hwi 'vo. Da vintin, c'hwi 'zegaso dour tomm 'ba' pep kambr. À pa vo bet diskennet ar vistri d'an diaz 'halloc'h mont da skarzhañ an dour lous hag o fod-kambr. Me 'ziskouezo deoc'h pesort mod gober ar gwelcoù.* Ce sera ton travail. Le matin, tu apporteras de l'eau chaude dans chaque chambre. Quand les maîtres seront descendus, tu iras vider l'eau sale et leur seau de toilette. Je t'apprendrai à faire les lits.

Au fil de la visite des lieux, Marguerite galopait, pépiait, menaçait, montrait, expliquait. La liste des tâches à effectuer ne cessait de s'allonger, la cuisine, le ménage, le gardiennage des enfants, l'entretien du linge.

— *Diwallit mat, me 'ziskouezo deoc'h pesort mod koarat botoù ar patron ; ul labour dibikous 'vo dav deoc'h gober rak hennezh 'sell a-dost !…* Attention, je t'apprendrai à cirer les bottes du patron, ça, il faut que ce soit impeccable, il est d'un maniaque !…

Elle en vint aux explications plus générales sur la situation des maîtres. Lui, petit agriculteur, avait épousé la fille unique d'un propriétaire d'une ferme de trente hectares, superficie d'une grandeur inhabituelle dans cette partie de la Bretagne. La jeune

femme savait lire et écrire, ce qui était bien pratique pour la gestion des lieux, alors que son mari était illettré. Fine mouche, prudemment, elle n'en faisait jamais état pour ne pas l'humilier. En 1882, ses parents avaient eu la bonne idée de mourir jeunes de la tuberculose lors d'une recrudescence de la maladie qui avait fait des ravages dans le canton et pas seulement chez les pauvres. Son mari s'était donc retrouvé, lui le petit rien du tout, dans la peau d'un riche propriétaire terrien décidé à faire fructifier son pactole. Il s'orienta vers le maquignonnage de chevaux pour profiter des primes que donnait le ministère afin de développer l'élevage chevalin. Il faisait d'ailleurs le siège de la mairie de Gourin pour que soit installée une station d'étalons, efforts qui n'avaient pas, pour l'instant, été couronnés de succès – ce qui le mettait dans une rage folle.

Marguerite ajouta que les maîtres étaient justes mais exigeants, ce que Corentine traduisit par sévères, coléreux et peu enclins à l'indulgence.

*

Elle avait vu juste. Durant les cinq années où elle servit dans la ferme du marchand de chevaux, elle ne bénéficia pas d'un seul jour complet de congé et ne put jamais revenir à Kersaludès, ce qui, il faut bien l'avouer, ne lui manqua en rien. Levée à l'aube et parfois avant à la saison des grands travaux, elle n'était couchée qu'une fois le repas du soir desservi et la vaisselle faite. Le patron allait porter ses gages directement à sa mère. Toutefois, après plusieurs

mois, il retint une petite somme qu'il remit directement à Corentine, laquelle put ainsi faire face à quelques dépenses et donner un sou à la quête.

*

Quelques semaines après son arrivée, elle avait eu la surprise de voir apparaître son père. Un commis, toujours à l'affût des ragots, lui avait appris que Jean Sinou avait reçu la visite du maire de Roudouallec. Celui-ci avait cru qu'il avait placé une de ses filles aînées, mais apprenant qu'il s'agissait de Corentine, âgée seulement de sept ans, il était venu lui rappeler le règlement qui ne permettait la mise en domesticité des enfants qu'à partir de dix ans.

Marie-Louise avait été furieuse de la demande comme de la décision de son mari d'obtempérer. Alors Jean Sinou, penaud, était venu rechercher sa fille. Lui qui pensait sans doute être accueilli avec des cris de joie, en fut pour sa honte. Corentine le toisa et lui lança sèchement :

— *Gall' 'rit mont kuit, ma zad, amañ e tebran ma gwalc'h.* Tu peux repartir, père, ici, je mange à ma faim.

Tout en lui parlant, la fillette avait continué à ravauder la pile de linge sans lui jeter un regard. Elle n'avait pas renié ses parents, non, ce n'était pas possible et les usages ne lui permettaient même pas de l'envisager. Mais à ses yeux, ils étaient devenus comme ces cousins un peu lointains qu'on revoit aux mariages et aux enterrements, qu'on croise incidemment lors d'un déplacement et qu'on oublie aussi vite.

Jean Sinou était alors reparti. Sa lâcheté et le sentiment de culpabilité qu'il avait développé vis-à-vis de sa femme, dorénavant lourdement handicapée, l'avaient empêché de défendre son enfant préférée.

Maintenant il l'avait définitivement perdue.

IX

Cinq ans, cinq ans que Corentine avaient quitté Kersaludès. Les jours s'étaient écoulés dans un groupe familial et domestique où sa réserve et sa capacité de travail lui avaient acquis sinon de la reconnaissance – n'exagérons rien – du moins une certaine tranquillité. Elle avait compris qu'il fallait passer entre les gouttes et les foucades des quatre personnes qui tenaient la maison, au premier chef la patronne, qui traînait son malheur avec un mari infidèle grand buveur. Quand le marchand de chevaux rentrait de tournées – et c'était presque tous les soirs – ivre mort, il se mettait en effet dans des colères terribles avant de s'effondrer, la tête dans son assiette. Il fallait alors s'y mettre à quatre pour le monter dans son lit. Parce qu'il se vantait d'être le grand ami du propriétaire du château de Tronjoly, et parce qu'ils étaient grands chasseurs tous deux, en rentrant de leurs équipées cynégétiques ils festoyaient à l'hôtel du Cheval Blanc en des agapes bruyantes qui empêchaient la moitié du village de fermer l'œil ! Mais peu lui importait : son nouveau statut et le vin lui montaient à la tête.

Heureusement, une fois dessoûlé, il était plutôt bon bougre avec Corentine, et lui faisait même cadeau d'une piécette de temps à autre.

Les deux valets se révélaient hélas d'un autre acabit, retors, malfaisants et cupides. Lui, bête comme ses pieds, elle, méchante et menteuse. Ils avaient un tel don pour embobiner leurs maîtres que la jeune fille se pinçait parfois pour ne pas rire devant leurs manigances. Pour autant, elle se gardait bien de les dénoncer. Après tout, les propriétaires n'avaient qu'à être plus malins.

*

Treize à quatorze heures de travail par jour et la matinée du dimanche consacrée à la messe. Quasiment pas de répit et de repos, sinon les nombreuses fêtes qui rythmaient la vie quotidienne, tels le carnaval ou les comices agricoles… auxquels Corentine n'était pas conviée. De temps en temps, une journée sortait toutefois de l'ordinaire : la maisonnée, en groupe avec l'ensemble des domestiques, se rendait à la fête. C'était le cas pour le pardon de la Saint-Hervé et surtout lors des mariages.

C'était vraiment quelque chose, une noce dans cette région de la Bretagne. Le mariage de la fille aînée du patron avait été l'occasion d'un festoiement incroyable. Dès le matin, les invités avaient rejoint la ferme où avait été servie une collation plantureuse de café au lait, de pain beurré et de crêpes. La mariée avait refusé de mettre le costume traditionnel très coloré qu'avait porté sa mère avec le tablier orné de

perles et la coiffe à brides, exigeant que son père lui offre une tenue comme les demoiselles de la ville. La compagnie n'en était pas revenue pas de voir cette débauche de dentelle blanche, de compter les sonneurs de bombarde et de biniou que le maquignon avait recrutés, de s'esbaudir devant les multiples voitures à cheval ornées de fleurs et de rubans chargées de conduire les invités à l'église et au banquet. Plus de mille personnes se retrouvèrent après la cérémonie pour des agapes dont on parlerait encore plusieurs mois après. Des voisins, qui n'étaient point conviés au banquet, arrivèrent pour le dessert et quand on se mit à danser, en fin d'après-midi, d'autres personnes encore. Vers 22 heures, on accompagna les mariés vers leur lit avec moult plaisanteries de mauvais goût. Plus tard de joyeux drilles – filles et garçons d'honneur en tête – conduisirent le charivari sous leurs fenêtres, rejoignant épisodiquement le bal qui dura jusqu'à tard dans la nuit.

Le lendemain, Corentine constata, en portant l'eau chaude dans leur chambre, que les jeunes époux n'avaient pas attendu les trois jours réglementaires pour consommer leur union. *Ma Doue benniget*, les traditions se perdaient…

La jeune fille n'avait pas perdu une miette des festivités et elle avait dégusté des mets totalement inconnus pour elle, des viandes en sauce, des pâtés en croûte et surtout un gâteau à la crème rapporté de Vannes avec mille précautions.

Rien à voir avec les banquets des noces paysannes de sa connaissance. Où l'on creusait des fossés en

vis-à-vis dans un champ, puis mettait des planches et des draps sur le terre-plein central rehaussé par la terre de creusement, des planches sur l'extérieur aussi afin que les gens puissent s'asseoir, leurs jambes dans le fossé. La chère était abondante certes, mais fruste. Et puis chacun payait son écot, aucun paysan ne pouvant assumer le coût d'une invitation obligatoire de tout le voisinage.

Corentine allait sur ses douze ans et le mariage de la fille de ses maîtres agit comme un révélateur. Ces délices lui laissaient entrevoir qu'un autre monde existait, loin des cours souillées de purin, des marmites de bouillies d'avoine et des corvées épuisantes. Sa résolution s'était affermie peu après avec un événement qu'elle n'avait pu cacher à Marguerite, qui s'était empressée d'en faire un sujet de plaisanteries : l'adolescente avait eu ses premières règles. Corentine savait trop bien que cette entrée dans un statut de femme adulte, donc courtisable puis épousable, la condamnerait à l'existence misérable qui avait été celle de sa mère si elle ne trouvait pas d'échappatoire. La perspective ne pouvait avoir qu'une réponse : partir, quitter cette terre de misère, de chagrin et ces gens qui l'exploitaient. Partir, oui, mais comment ? Et où ?

*

La solution arriva de manière totalement inattendue. Un après-midi, Marguerite reçut la visite d'une cousine qui était également une parente de Corentine. La patronne se reposait dans sa chambre et les

deux femmes pouvaient donc disposer de la salle. La cousine se présentait comme une belle femme pulpeuse vêtue élégamment, comme la patronne quand elle partait chez sa couturière à Vannes. Tailleur cintré, bottines à boutons, capeline de paille avec un gros-grain noir et un magnifique sac à main. Les deux femmes s'embrassèrent en poussant des exclamations de joie, s'installèrent autour de la table et Corentine fut priée de servir le café au lait et les crêpes. Assise sur la margelle de l'âtre, elle suivit ensuite la conversation avec attention, d'autant que la cousine, Marie-Jeanne, parlait en français, langue qu'elle maîtrisait encore mal, bien que la maîtresse se fût mis en tête de la lui apprendre, ayant décrété que le breton était une langue de bouseux dont il convenait de sortir.

Volubile, Marie-Jeanne décrivait sa vie. Domestique chez la vicomtesse de La Rousselaye, elle y exerçait les fonctions de femme de chambre. Avec force détails, elle racontait :

— Tu ne peux pas savoir ! Tu verrais l'hôtel particulier à Paris. J'ai une chambre à moi avec un cabinet de toilette. Avec le maître d'hôtel, le chef cocher et le valet de chambre de Monsieur, nous disposons de notre propre salle à manger où nous sommes servis par des domestiques. Et nous mangeons la même chose que Madame et Monsieur…

Marguerite lançait des *ho* et des *ha* bien inutiles puisque le torrent verbal ne s'arrêtait pas.

— Madame est délicieuse. Elle me gâte. Tu vois ce tailleur ? Elle ne le met plus et elle m'en a fait cadeau. C'est d'un grand couturier, tu sais.

Marie-Jeanne s'était levée et tourbillonnait dans la pièce comme si elle dansait.

— L'été, je vais avec Madame à Deauville. À la saison des chasses, nous partons en Sologne. Madame ne peut pas se passer de moi...

Marguerite resservit du café.

— Et puis, je mets de l'argent de côté. J'ai de bons gages. Madame a dit à la gouvernante, Thérèse, de m'augmenter et à partir du mois prochain, j'aurai 100 francs, oui, 100 francs, presque autant qu'elle. Tu aurais vu la tête de la Thérèse quand Madame lui a passé la consigne !

Corentine suivait avec passion la description de la situation de Marie-Jeanne. Là était la solution : partir à Paris ! Elle ne pouvait laisser échapper sa chance. Tant pis pour Marguerite :

— J'aimerais beaucoup partir travailler à Paris, osa-t-elle déclarer en interrompant la conversation. Marguerite, pardon, j'ai beaucoup appris avec toi, mais il faut peut-être que...

La phrase était restée en suspens. À sa grande surprise, Marguerite ne semblait aucunement fâchée. Bien au contraire même. Les deux femmes se jetèrent un coup d'œil complice et Marguerite enchaîna, tout sourires :

— Justement, puisque tu en parles, il y aurait peut-être une possibilité. Marie-Jeanne a une proposition à te faire.

Très en verve, la cousine se mit à jouer les femmes d'affaires :

— Voilà, j'ai rencontré quelqu'un, c'est mon fiancé et il sert chez un médecin. Bien sûr, rien à

voir avec les La Rousselaye. Mais ce sont des gens très bien. D'ailleurs, c'est le médecin de Monsieur et il ne prendrait pas n'importe qui, tu penses ! Il y a juste une cuisinière, un domestique et une bonne. La leur vient de partir et j'ai besoin d'avoir là-bas quelqu'un de confiance. C'est une bonne place : elle est pour toi si tu veux.

La lumière venait de jaillir brusquement dans l'esprit de Corentine : les deux femmes lui avaient joué un sacré numéro. Tout était manigancé et n'avait rien de fortuit. Leurs intérêts étaient liés : Marguerite voulait se débarrasser d'une servante bien trop belle qui risquait de prendre sa place et Marie-Jeanne plaçait dans la maison où servait son fiancé une paysanne bretonne pas trop dégourdie qui ne risquait pas de lui piquer son homme.

De la manœuvre, la petite, au fond, n'avait rien à battre. L'occasion était trop belle. Les deux garces avaient cru l'entourlouper ? Elle rejoignait leur complot.

La conversation prit dès lors un tout autre tour. Corentine fut invitée à quitter l'âtre pour s'asseoir à la table. Il était temps d'arrêter les balivernes et de passer aux modalités pratiques de l'entrée dans une nouvelle vie. Marguerite lui servit un bol de café au lait et poussa près d'elle les crêpes et la motte de beurre…

LA DOMESTIQUE

I

Marie-Jeanne avait laissé une journée à Corentine pour se retourner. Cette dernière était allée à Kersaludès annoncer à ses parents son départ pour Paris. Elle craignait un emportement de sa mère, mais celle-ci avait pris la nouvelle avec une certaine résignation, lui avait même offert trois mouchoirs tout neufs… en prenant soin de lui indiquer qu'il conviendrait d'envoyer régulièrement un mandat télégraphique. Son père avait montré plus d'émotion et même laissé échapper quelques larmes, lui enjoignant de son côté de ne pas oublier ses prières du soir et d'aller à la messe. Quant à ses frères et sœurs, tous présents ce jour-là, ils la regardaient avec une admiration teintée d'une pointe de jalousie. Elle ne s'était pas attardée et avait promis de donner des nouvelles.

En quittant la pauvre masure et la cour empuantie, ma grand-mère s'était dit que, décidément, ce qu'elle allait trouver à Paris ne pouvait être pire que ce que la vie lui aurait réservé en restant au pays.

*

Corentine avait lavé et brossé ses vêtements, parfaitement amidonné les ailes de sa coiffe. Elle se proposait de porter sur sa robe en velours des dimanches un tablier que lui avait donné Marguerite qui, bien empesé, faisait encore son effet et surtout cachait à peu près le tissu gris d'usure. Autour du cou, un joli foulard à fleurs offert par sa patronne. Pas de chaussures mais des socques cirés comme des miroirs grâce à la technique enseignée pour faire briller les bottes du maître.

Le jour du départ était arrivé.

*

Depuis 1896, Gourin était desservi par le chemin de fer. Les deux femmes avaient profité de la charrette du marchand de chevaux qui, en ce lundi, se rendait à la foire hebdomadaire de la commune. Elles pourraient ainsi prendre le train pour Carhaix puis profiter de la correspondance vers Paris. Ses deux sœurs aînées, Jeanne et Marie-Louise, l'avaient accompagnée également, car elles voulaient s'arrêter chez le photographe pour que soit pris un cliché souvenir[1].

Les embrassades furent brèves, même si le marchand semblait sincèrement désolé de perdre Corentine. Lorsqu'il la laissa sur le quai, il mit dans sa poche 10 francs en lui souhaitant bonne chance,

1. J'ai toujours la photographie. Corentine est là fièrement entre ses deux sœurs, âgées alors de dix-sept et dix-huit ans. À douze ans, elle les domine avec un regard profond, un léger sourire moqueur, un port de tête impérial et une élégance naturelle qui seront sa signature sa vie durant.

10 francs que Marie-Jeanne eut tôt fait de récupérer au motif des frais que lui occasionnait cette escorte prétendument effectuée au bénéfice de la jeune fille. Celle-ci n'en conçut aucune amertume tellement il lui était coutumier de voir le fruit de son travail volé par les adultes.

Le voyage fut un affolement. Le bruit dans les wagons en bois de troisième classe assourdissant et les annonces dans les gares, incompréhensibles pour Corentine, lui semblaient des hurlements. Pour faire ses besoins, la file d'attente exigeait de rester debout en équilibre instable et dans des remugles de plus en plus incommodants au fur et à mesure du trajet. Elle fut d'ailleurs terrifiée, en entrant la première fois dans les cabinets, de voir le ballast défiler à toute vitesse par le trou du siège. Les correspondances s'effectuaient au pas de course car il fallait s'assurer d'une place assise. La chaleur due à la promiscuité était amplifiée par un chauffage au bois disposé au milieu du wagon. Coincée entre la plantureuse Marie-Jeanne et une rombière non moins dodue, l'adolescente s'endormait pour se réveiller en sursaut à chaque entrée en gare, dans le bruit des freins et les allées et venues bruyantes de voyageurs.

Après dix heures d'une équipée exténuante, l'arrivée à Montparnasse lui parut une délivrance. Comme il n'était pas question de se rendre chez le docteur Derrien à une heure aussi tardive, elles se dirigèrent, baluchon à la main, vers la rue du Bac.

Marie-Jeanne lui avait expliqué qu'elle l'hébergerait pour la nuit dans une des nombreuses chambres de service de l'hôtel particulier de ses patrons, mais qu'il

faudrait s'y faufiler sans se faire remarquer et repartir à l'aube. Corentine fut abasourdie par l'incroyable encombrement d'automobiles, de voitures à chevaux, de tramways, d'omnibus, de vélos et de triporteurs qui se coupaient la route à grands coups de trompes et d'injures. Aussi par les étals, qui débordaient sur les trottoirs, obligeant souvent les marcheuses à descendre sur la chaussée. Plusieurs fois sa chaperonne rattrapa Corentine par la manche :

— Non, mais tu vas te faire tuer si tu ne fais pas attention !

Après de longues minutes de marche, elles atteignirent un quartier silencieux, occupé par de belles demeures aristocratiques, qui contrastait avec le charivari traversé jusqu'alors. Le portail d'un hôtel particulier ouvert donnait sur une cour éclairée *a giorno* où, visiblement, on se préparait à accueillir une réception. Marie-Jeanne salua de la main le portier et se dirigea vers une petite porte latérale, qu'elle ouvrit à l'aide de son trousseau de clés. Après un vestibule sombre et malodorant, un escalier étroit au tapis élimé, elles arrivèrent au quatrième étage dans un long couloir mansardé sur lequel donnait toute une série de portes.

— C'est là que sont logés les domestiques, mais moi, je suis au troisième…

L'adolescente fut installée dans une chambre minuscule meublée sommairement d'un lit en fer, d'une chaise paillée et d'une table de toilette.

— Voilà, bon, je t'enferme à clé. Je ne veux pas que des curieux viennent voir ce qui se passe. Demain

je viens te réveiller à 6 heures. Moi, je file, Madame m'attend pour l'habiller. Il y a un bal ce soir, dit-elle en se rengorgeant.

Marie-Jeanne en sortant eut un remords, se rappelant que la petite n'avait quasiment rien mangé depuis le matin. Elle s'arrêta alors aux cuisines pour prendre deux tartines qu'elle beurra largement et remonta vite fait. Quand elle ouvrit la porte, Corentine était endormie sur la paillasse, étendue de tout son long, sa coiffe et son tablier soigneusement déposés sur la table de toilette. L'affranchie referma doucement la porte et boulotta vivement les deux tartines en se dirigeant vers les appartements de sa patronne. Dieu sait à quelle heure elle pourrait enfin s'empiffrer avec les restes du buffet ! Plus de minuit certainement et pas question de se coucher avant d'avoir déshabillé Madame et d'avoir brossé ses cheveux. D'ici là, ce petit en-cas ne ferait pas de mal…

II

Réveillée par la force de l'habitude, Corentine était sagement assise sur son lit quand Marie-Jeanne vint la délivrer. L'escalier fut descendu subrepticement, l'air agréable et frais lui fit du bien, comme les sablés restés de la réception de la veille dégustés avec délice. Ensuite elles remontèrent vers Montparnasse pour prendre un omnibus qui les conduisit boulevard de Magenta.

Ma foi, pensa Corentine, l'affaire ne débute pas trop mal…

Vite, il fallut déchanter. Si l'immeuble où habitaient ses futurs patrons paraissait cossu, l'escalier de service était d'une saleté repoussante, qui plus est imprégné d'une puissante odeur d'urine. Au deuxième étage, Marie-Jeanne tapa à la porte. Un homme ouvrit. La femme et l'adolescente se retrouvèrent dans une cuisine mal éclairée où ronflait une cuisinière à charbon.

Marie-Jeanne embrassa celui qu'elle avait présenté comme son fiancé, Marcel, à pleine bouche en lui roucoulant des « mon chéri » qui avaient laissé Corentine

pantoise. Et pour cause, l'enfant n'avait jamais vu en Bretagne des promis se « bécoter » en public ou même échanger des mots doux. Se tenir par la main et même avec un seul doigt était le comble de la démonstration amoureuse et d'un engagement qui ne pouvait déboucher que sur le mariage… Une grosse femme, Mathilde la cuisinière, les invita à s'asseoir, posa bruyamment sur la table des bols en faïence et leur servit un liquide brunâtre qu'elle présenta comme du café.

— Pouah, dit Mathilde avec dégoût, mais c'est pas du café, c'est de la chicorée, ton truc !

— Qu'est-ce que tu veux, ici, la vieille, elle attache pas son chien avec des saucisses.

— Bon, les filles, c'est pas que je m'ennuie, mais Madame m'attend, elle a un déjeuner important et sans moi… Corentine, tu n'as plus besoin de moi, je te laisse. Marcel, j'ai mon jour dimanche prochain, viens me chercher après le déjeuner, on ira guincher…

Marcel raccompagna sa promise avec force mamours, lui passant même une main aux fesses qui fit glousser Marie-Jeanne.

Dès son départ, l'atmosphère cordiale retomba. Les deux acolytes inspectèrent Corentine et s'esbaudirent en ricanant sur son costume breton. Ils tentèrent de relancer la conversation, mais si elle commençait à bien comprendre le français, elle hésitait à le parler et préféra s'enfoncer dans le silence. Qui fit redoubler leurs rires et leurs moqueries.

— Nous voilà bien, avec une plouquesse, une « bertonne », une mangeuse d'épluchures de pommes de terre ! Enfin, si la vieille s'en contente. Ma foi, ce sera pas plus mal que la dernière : il paraît que ces filles-là, au moins, elles sont dures au travail et pas exigeantes.

— Tiens, Marcel, la vieille doit avoir terminé son petit déjeuner. Va lui dire que la nouvelle bonne est arrivée.

Corentine, tassée sur sa chaise, savait que c'était le moment de l'entretien décisif. Une matrone toute de noir vêtue, poitrine en proue, coiffée d'un imposant chignon, fit une entrée tonitruante et l'inspecta de la tête aux pieds avec une absolue froideur.

L'enfant s'était levée et observait les consignes délivrées par Marie-Jeanne auparavant scrupuleusement : « Tu ne tends pas la main mais tu fais seulement un salut de la tête. Tu restes debout quand on te parle, tu ne poses aucune question et tu réponds uniquement si on te le demande. Attention, tu courbes la tête, tu baisses les yeux, on ne regarde pas ses maîtres. Tu ne souris pas. »

La patronne soupira :

— Bon, on verra bien si ça fait l'affaire. Tu t'appelles comment déjà ?

— Corentine.

— « Corentine, Madame », s'il te plaît. Il va falloir t'apprendre les manières, dis donc. De toute façon, Corentine, c'est trop long et Monsieur est habitué à Berthe. On t'appellera Berthe.

Elle continua :

— Tes gages seront de 30 francs, nourrie, blanchie, logée et je te donne un dimanche par mois. Ça, c'est Monsieur qui l'exige, mais vraiment, il est trop bon avec les domestiques. S'il n'y avait que moi... Mathilde, Marcel, vous lui montrez sa chambre et ce qu'elle aura à faire. Mathilde, c'est un peu tôt pour qu'elle aille en courses. Vous continuerez donc à vous en occuper tant qu'elle ne se débrouillera pas en français. Elle vous accompagnera. Vous lui direz ce qu'il y aura à faire. J'ai l'impression que c'est pas demain la veille qu'elle sera à la hauteur. Enfin, comme ça, elle sera formée aux habitudes de la maison.

Corentine avait à peu près compris ce qui se tramait. Et tentait de ne pas se décourager. Mais la suite n'allait en rien la rassurer.

Dès que la patronne eut tourné les talons, Mathilde commença la visite en lui montrant ce qu'elle n'avait pas osé, quand même, appeler une chambre. Car il s'agissait d'un réduit qui donnait dans la cuisine, pièce sans fenêtre qui servait de rangement pour des gamelles et des bocaux de légumes. Un lit étroit, un tabouret en bois, deux patères pour pendre les vêtements, un seau hygiénique et une portion d'étagère afin de poser son linge constituaient dorénavant le « chez soi » de la jeune fille.

— Tu feras ta toilette dans l'évier de la cuisine. Attention, la vieille ne veut pas de bougie dans la piaule. Elle a peur des incendies. Pas de bouffe non plus, ça fait venir les rats. Quand tu te couches, c'est pratique, tu laisses la porte ouverte, y aura bien assez

de lumière. On est juste au-dessus du réverbère du boulevard.

Corentine, éberluée, estima alors que la chambre chez le marchand de chevaux apparaissait quasiment luxueuse. Mathilde, un peu gênée, argumenta :

— Tu verras, c'est pratique, le matin, tu n'as pas de chemin à faire pour commencer ton travail.

Très pratique en effet...

— Et puis, il n'y a qu'une chambre de service et c'est moi qui l'occupe. Marcel, lui, a une chambre en ville. C'est plus pratique, tu comprends.

Décidément, tout, dans ce nouveau monde, s'annonçait « pratique ».

*

La liste des tâches à effectuer était ébouriffante. Corentine devait être à pied d'œuvre, habillée et toilette faite, à 6 h 45. Le seul point d'eau se trouvait dans la cuisine mais la journée commençait en véhiculant des brocs pour changer l'eau sur les tables de toilette, en vidant les seaux hygiéniques. Ensuite il fallait servir le petit déjeuner et faire les chambres.

— Après, tu reviens à la cuisine pour préparer la soupe.

Le calcul était simple : au moins deux heures de travail avant d'avaler la moindre nourriture.

— Madame dit qu'avec une bonne soupe, on n'a pas besoin de déjeuner, anticipa Mathilde. À midi, il faut servir dans la salle à manger. T'inquiète pas, je te donnerai une tartine si tu as trop faim. Mais attention, la vieille compte tout, les pommes dans

la resserre, les pruneaux dans le placard, les biscuits dans les boîtes. Elle trace des marques sur les pots à confitures, tu te rends compte ! T'avise pas de piquer dans les réserves… Enfin, y a moyen de se débrouiller, je te montrerai.

La matinée était occupée par le ménage, l'aide à la cuisine pour l'épluchage, le dressage du couvert. Corentine accompagnerait Mathilde pour les commissions avant de pouvoir les faire seule.

L'après-midi, après la vaisselle, repassage et ravaudage, avant de passer à une occupation différente chaque jour : les vitres, le cirage des parquets, les cuivres ou l'argenterie.

— La grosse, elle est d'un maniaque pour l'argenterie ! Mais ici, on a de la chance, il n'y a pas d'enfants, la lessive est donnée à la blanchisserie et ils reçoivent quasiment jamais. Madame a un jour, le jeudi : on sert du thé et des gâteaux, mais y a pas grand monde…

Ouf. Quand Mathilde ne présentait pas les choses comme « pratiques », elle exaltait la « chance » d'être dans une maison aussi accommodante. À croire qu'elle voulait ménager la chèvre et le chou : à la fois, prévenir Corentine des habitudes de la maison sans toutefois la décourager complètement. Mise en confiance par l'écoute et l'apparente soumission de la nouvelle venue, elle continua :

— Monsieur est vraiment gentil. Il n'est jamais là, il est docteur et il travaille dans sa clinique. Avec lui, j'ai jamais eu un geste déplacé. Ça, c'est vraiment une chance. Tu verras, c'est rare dans une place quand le patron essaie pas de coucher avec toi.

Devant l'air estomaqué de Corentine, Mathilde se renseigna :

— Dis donc, au fait, t'as quel âge ?

— Douze ans.

— C'est vrai que tu fais plus. Bon, je t'aurai prévenue. Attention au polichinelle dans le tiroir. Ça arrive plus vite qu'on pense, ces trucs-là !

*

Corentine se demandait bien ce que tout cela voulait dire, le côté « pratique » d'habiter en ville, le « jour de Madame », les gestes « déplacés », « le polichinelle dans le tiroir », mais il serait bien temps d'y penser plus tard.

Le travail l'attendait. Elle savait exactement ce qu'elle voulait : apprendre tout ce qu'il y avait à apprendre, parler le français, se faire apprécier des Derrien, pouvoir envoyer de l'argent à sa famille. Après avoir vu, la veille au soir, l'hôtel particulier des La Rousselaye, un rêve se profilait même : servir dans une grande maison, ne pas rester dans ce trou à rats, donc partir dès que cela serait possible.

Dans le trou à rats, il lui fallut néanmoins rester trois ans.

III

Boulevard de Magenta, Corentine eut tôt fait de mettre tout le monde dans sa poche. Mathilde fut vite ravie de cette recrue qui s'accrochait après la valse des bonnes qui s'étaient succédé et dont certaines étaient juste restées quelques jours, épouvantées par la dureté de Mme Derrien. La cuisinière s'était donc retrouvée parfois plus d'une semaine sans aide pour affronter les maniaqueries et les mesquineries de celle qu'elle n'appelait que « la vieille » ou « la grosse » dans l'intimité de sa cuisine. Au bout de quelques jours, voyant que Corentine semblait se satisfaire de ses chiches conditions de logement et de nourriture, elle adoucit son attitude vis-à-vis d'elle et en vint même à lui indiquer les meilleurs moyens de gruger la patronne. Marcel, qui jouissait du statut particulier attaché aux domestiques masculins, ne se serait sans doute pas gêné, en d'autres temps, pour lui faire des avances appuyées, mais là il la laissait tranquille, se méfiant de son cousinage lointain avec Marie-Jeanne, sa « fiancée » officielle. En vérité, les deux larrons s'étaient mis en tête de la débournicher.

Ils lui apprenaient le français en y insérant malicieusement des mots d'argot qui les faisaient hurler de rire lorsque Corentine s'engaillardissait à les utiliser, s'amusaient de lui faire découvrir des étrangetés, comme ce jour où Marcel lui avait ramené une glace et avait vu la Bretonne la mettre dans sa poche afin de la déguster plus tard. Des semaines après, ils se racontaient encore l'anecdote avec délectation. Surtout, tous les deux avaient repéré chez Corentine la force et la volonté qui lui faisaient assurer les corvées les plus ingrates, y compris celles qui auraient dû être de leur ressort.

*

Le docteur Derrien était le grand absent. Entièrement absorbé par son travail – ce qui n'était pas sans influence sur les horaires domestiques –, il prenait son petit déjeuner immuablement à 7 h 15, obligeant ainsi Corentine à un double service, Mme Derrien ne descendant que vers 8 h 30. Comme il rentrait tard, parfois à plus de 21 heures, le personnel attendait dans la cuisine en faisant réchauffer les plats puisqu'il fallait servir « dès que Monsieur serait arrivé ». Ce qui n'empêchait pas son épouse de s'emporter contre Mathilde, qu'elle traitait d'incapable quand le rôti était trop cuit. Le docteur, lui, semblait ne pas se rendre compte de quoi que ce soit, mangeant tout en lisant ses journaux.

Ainsi, le premier soir, il avait fallu que sa femme lui signale qu'une nouvelle venue, prénommée Berthe, le servait :

— André, nous avons une nouvelle bonne !

Il releva la tête un instant :

— Ah oui… bonjour, mon enfant. J'espère que vous allez vous plaire chez nous.

Ce fut tout.

*

Avec Mme Derrien, les choses se révélèrent plus compliquées. Le trait principal de son caractère était une avarice envahissante qui s'appliquait aux plus petites choses, de l'usage du savon à la taille de la noix de beurre dans la poêle. Les confitures, par exemple, étaient allongées avec de l'eau pour faire deux pots avec un, le pain frais réservé à la table des maîtres alors qu'à l'office on ne le mangerait qu'une fois rassis. Au long de ces trois années, Corentine n'eut par ailleurs droit qu'au cou du poulet qu'on servait le dimanche. Un jour, la Derrien eut même le culot de lui lancer :

— Tu as de la chance, c'est le meilleur morceau !

Décidément, la chance, toujours la chance. Bien des années plus tard, ma grand-mère constatera en riant :

— C'est curieux, quand j'étais domestique, j'avais le cou du poulet. Aujourd'hui, je suis patronne et j'ai toujours le cou du poulet.

Car ce seront ses employés qui, cette fois, se partageront, eux, les bons morceaux…

Mme Derrien pouvait surgir à tout moment dans la cuisine pour vérifier que de la nourriture n'était

pas cachée. De la même façon, elle fouillait minutieusement le réduit de Corentine ainsi que la chambre de Mathilde. Une crainte maladive du vol largement partagée par toutes les mères de famille de l'immeuble, qui se livraient régulièrement à de véritables inspections domiciliaires chez leurs domestiques. Corentine en avait eu la confirmation en causant avec les bonnes des voisins… qui ne semblaient point s'en offusquer. Pour la jeune fille qui avait vécu dans une société bretonne certes dure mais où la confiance entre le maître et le valet était la règle, où chacun s'appelait par son prénom, où les relations humaines se déroulaient sous le signe d'une solidarité jamais démentie, le choc était rude.

Le samedi matin, Mathilde, escortée de Corentine et de Marcel, était convoquée pour les comptes dans la salle à manger. Debout devant Madame, assise, elle devait justifier du moindre achat durant une bonne heure.

— Encore du beurre cette semaine ? Mais vous en aviez acheté une livre la semaine dernière ! Vous gaspillez, ma fille, vous gaspillez…

Une fois, Mathilde avait tenté de se justifier par la consommation du docteur Derrien. Elle avait été fusillée du regard :

— Vous accusez mon mari pour vous disculper de votre gabegie ? Vous devriez avoir honte ! Je ne sais pas ce qui me retient de vous mettre à la porte…

La cuisinière baissa la tête en pensant qu'elle avait sottement oublié la leçon : un domestique ne répond

pas au maître ou à la maîtresse qui a, par définition, toujours raison.

Mais, revenue à la cuisine, elle écumait :

— Non, mais tu l'as entendue, la grosse ? Elle l'emportera pas au paradis.

*

Pour faire face à la pingrerie sordide de la patronne, toutes sortes de manigances étaient déployées. La cuisinière majorait discrètement les prix, les petits bonis accordés par les commerçants – « tiens, ma p'tite dame, cadeau, je vous en mets une de plus », ou la phrase rituelle du boucher : « il m'en reste un bout, je vous le mets ? » qui faisait hurler de rire toute la boutique – étaient mis dans des caches ou dissimulés par Marcel, qui y prélevait sa part bien entendu. Adoptée, Corentine se vit rapidement attribuer le papier qui entourait la motte de beurre : au retour du marché, il restait quelques traces de matière grasse qu'elle léchait avec délice. Pour le reste, les tranches de rôti et les morceaux de poulet se voyaient amputés de minces lanières qu'on se hâtait, à la cuisine, de manger juste avant de porter les plats à table afin de ne pas se faire prendre.

Au fond, ma grand-mère, qui avait désappris à avoir faim chez le marchand de chevaux, retrouvait, en travaillant pour ces bourgeois parisiens, une situation d'affamée pire qu'à Kersaludès. Après la soupe du petit déjeuner, aucun repas de midi, une maigre collation prise debout à 17 heures et

l'attente d'avoir servi le dîner pour s'attabler autour des restes à 22 heures, tel était son quotidien. Les trois domestiques se demandaient d'ailleurs si les maîtres ne se forçaient pas à manger le plus possible pour leur en laisser le moins possible. Parfois, ils n'avaient chacun qu'un œuf dur comme dîner après une journée de travail ininterrompu de treize ou quatorze heures et c'était un supplice, pour Corentine, que de servir aux Derrien le poulet ruisselant de sauce avec sa peau dorée et craquante, les pommes de terre sautées dont le plat revenait vide à la cuisine, ou la tarte aux pommes odorante de cannelle.

Un soir, elle eut même un malaise en servant le repas. Obligée de refaire l'astiquage de l'argenterie que Madame avait jugé bâclé, elle n'avait pu avaler son maigre en-cas de l'après-midi. Elle n'eut que le temps de poser les plats avant de s'effondrer.

Quand elle reprit ses esprits, elle était toujours allongée par terre. Madame, qui lui parut énorme vue du sol, hurlait :

— Non mais qu'est-ce que c'est que ces manières ! Qui nous a fichu une pareille bonne à rien ! C'est vraiment du pauvre monde.

Le docteur lui enjoignit de se taire, puis demanda :

— Vous avez quel âge, Berthe ?

— Douze ans, Monsieur.

— Vous êtes en pleine croissance, petite. Et vous avez bien mangé aujourd'hui ?

— De la soupe et du pain, ce matin.

— Et rien depuis ?

Corentine comprit qu'elle n'aurait aucun intérêt à enfoncer la Derrien devant son mari et qu'elle pourrait même en tirer parti :

— C'est moi qu'ai pas voulu, Monsieur, je devais refaire l'argenterie. J'aime que le travail soit bien fait.

Le docteur se redressa.

— Ma bonne amie, si nous voulons garder nos serviteurs, vous devez veiller à ce qu'ils s'alimentent. Allez vous coucher, Berthe, mais auparavant vous prendrez un morceau de gâteau. Ça vous requinquera…

— Vraiment, André, vous allez me les gâter. Enfin, ce sera exceptionnel.

Du gâteau ! Alors ça… Corentine s'installa sur son lit dans le cagibi, le morceau d'entremets sur les genoux. Mon Dieu, que c'était bon ! Un bref moment de paradis dans le cloaque où elle vivait depuis son arrivée boulevard de Magenta.

*

Pour autant, le lendemain elle ne dérogea pas au rituel. Au moment de porter le potage à table, Mathilde et Marcel crachèrent tour à tour dans la soupière. Corentine fit de même solennellement, tourna avec la louche et s'en alla gaillardement servir Monsieur et Madame.

IV

Elle était arrivée un mardi chez les Derrien. Et en quelques jours, s'était mise au diapason du rythme de la maison. Étonnée de cette adaptabilité, Madame lui avait donné une robe noire de gros lainage, élimée au dernier degré, avec un air de générosité qui laissait croire qu'elle offrait un cadeau somptueux. Mathilde montra à Corentine comment porter le bandeau de tête en dentelle et le grand tablier blanc jusqu'à terre. L'adolescente assimila très vite les arcanes du service à table et fut, dès le jeudi suivant, en mesure d'assurer le service du thé de Madame. Et puis le temps passa. Et, avec lui, le programme des journées, quasi immuable.

Si bien qu'au fil des jours de la semaine, ma grand-mère en vint à se poser une question lancinante. Elle avait promis à son père de ne manquer la messe sous aucun prétexte ; mais elle, quand s'y rendait-elle ? Une fois, elle questionna Mathilde sur les églises proches.

— Madame va à la messe du dimanche à Saint-Laurent, c'est tout près.

— Tu crois que je pourrai y aller ? s'enquit-elle. Je ne peux pas manquer l'office, j'ai promis.

Mathilde roula des yeux éberlués.

— Non, mais t'es pas un peu cinglée ? rétorqua-t-elle. Ici, avoir son dimanche, ça signifie sortir seulement après avoir servi le déjeuner, qui doit être plus soigné que d'habitude parce que le docteur invite parfois le directeur de la clinique et sa femme. Ensuite, il faut être rentrée pour le dîner. Alors le dimanche matin, le travail est toujours le même : vider leur merde, faire leurs plumards, leur préparer la bouffe et la mettre sur la table. Tu te crois à l'usine ? La messe, c'est pas pour nous.

Corentine était décidée à tout accepter, les tâches éreintantes, le logement indigne, la faim, les humiliations, les coups même, mais l'idée de ne pas se rendre à l'église le dimanche la révulsait. Elle se cabrait comme un cheval devant l'obstacle.

À la stupéfaction de Mathilde, elle quitta donc la cuisine et s'en alla frapper à la porte de la chambre de Mme Derrien.

— Qu'est-ce qui te prend de venir me déranger ? gronda celle-ci.

— Voilà, Madame, demain c'est dimanche.

— Oui, et alors ?

— Eh bien, je dois aller à la messe, je l'ai promis à mon père.

La Derrien répliqua d'abord en riant très fort, puis rapidement elle s'arrêta. Pour la première fois, Corentine la fixait dans les yeux avec un regard bleu acier qui ne cillait pas.

— Bien entendu, Madame, je ferai au plus vite pour servir le déjeuner.

La patronne n'osait se l'avouer, mais elle était impressionnée par le cran de la gamine. Surtout, aussitôt elle vit les avantages qu'elle pourrait tirer de cette requête.

— C'est bien de vouloir remplir ses obligations chrétiennes. Tu sais que le curé en dispense les servantes et demande simplement que leurs maîtresses les joignent à leurs prières. En accomplissant les désirs de ses maîtres, c'est comme si on servait le bon Dieu... Je pense pourtant pouvoir t'accorder cette faveur. Mais, évidemment, tu n'auras plus ton dimanche tous les mois. Cela dit, tu auras largement pris du repos, parce que c'est pas fatigant, la messe. Comme je suis bonne, tu viendras avec moi. Tu m'accompagneras en marchant deux pas derrière et tu resteras au fond de l'église. Tu feras bien attention de me suivre quand je sortirai. Ah, autre chose : tu ne mettras pas ton costume de service, mais les vêtements apportés de chez toi.

Corentine n'en revenait pas de cette facile victoire. Mathilde et Marcel, eux, en furent abasourdis puis rassérénés quand ils apprirent que « son dimanche » était supprimé.

— J'me disais aussi, asséna Marcel. C'est égal, profites-en, elle t'a à la bonne, c'est le cas de le dire.

Corentine fut satisfaite du compromis trouvé. Elle ne voulait pas avoir semblé bénéficier d'une faveur qui aurait indisposé ses acolytes et se demandait par ailleurs ce qu'elle aurait pu faire de cet après-midi libre, sauf à déambuler sur le boulevard au risque

d'un importun ou à flâner sur son lit à la merci d'un ordre intempestif de sa patronne. Certes, elle comprit plus tard que Mme Derrien comptait se donner des grands airs en étant suivie par une jeune fille qui portait, avec son costume breton, comme une pancarte indiquant qu'il s'agissait d'une personne à son service, mais qu'importe : au moins, la jeune fille respectait-elle le vœu de son père.

*

Ce compagnonnage religieux eut un effet positif qui prit quelque temps à se mettre en place. Mme Derrien se montra, à son égard, un peu moins méfiante. Il lui sembla qu'une personne tenant autant à la pratique religieuse devait avoir des principes moraux plus solides que les mœurs dépravées qu'elle attribuait à Marcel et à Mathilde. N'exagérons pas : il n'y eut jamais chez elle ni douceur, ni justice, ni protection particulière envers Corentine, mais, à tout le moins, cette dernière échappa parfois à ce qui faisait le cœur du comportement de Mme Derrien, la méfiance pathologique, la violence, la recherche perpétuelle de l'humiliation.

La méfiance se fondait sur la certitude que ses domestiques étaient de mauvaises gens présents dans sa maison uniquement pour mentir, la voler et se comporter de façon bestiale dès qu'elle avait le dos tourné. D'où le fait que tout était sous clé, que le niveau du liquide des bouteilles était marqué, les petites cuillères comptées et recomptées, les mouchoirs également. Les conversations avec son mari ou avec

les relations qui venaient à son jour ne tournaient d'ailleurs quasiment qu'autour du sujet des domestiques : leurs insuffisances et les ennuis qu'ils lui causaient. Le docteur Derrien avait à peine plongé sa cuillère dans le potage que, déjà, la litanie des plaintes commençait.

« Vous ne savez pas ce que cette imbécile de Mathilde m'a encore fait ? Elle a cassé l'anse de la saucière ; ce sera retenu sur ses gages. » Suivi de : « Marcel n'en fait qu'à sa tête. Ce n'est plus possible. Il devait remonter le charbon et je l'ai trouvé en train de traîner avec la bonne des voisins du premier. » Sans oublier son : « Berthe, tu rêves ou quoi ? Tu ne vois pas qu'il faut repasser le potage ? Décidément, on doit tout te dire ! »

Son mari, exténué par sa journée de travail et indifférent à ces récriminations ancillaires, se contentait d'émettre quelques soupirs qu'il voulait compatissants.

— Évidemment, vous vous en moquez, mon pauvre André ! grognait Madame. De nos jours, tenir une maison est vraiment devenu impossible.

Quand, le jeudi, elle se retrouvait avec les personnes qui assistaient à son « jour », les conversations tournaient donc elles aussi autour des difficultés rencontrées avec les domestiques. À croire que ces bourgeoises ne puisaient justification à leur existence, avait pensé Corentine, que dans le sentiment de supériorité que leur donnaient le fait d'avoir du personnel et la jouissance de commander des êtres humains réduits à un quasi-esclavage, petites gens terrorisées à

l'idée d'être punies ou renvoyées sans explication ni dédommagement. Ces jugements humiliants étaient même prononcés alors que les intéressés vaquaient à leur service et encaissaient les propos désobligeants en étant priés de n'en montrer aucun déplaisir.

Mais l'humiliation atteignait des sommets chez Mme Derrien lorsqu'elle faisait ses tournées d'inspection. Quand ses mains gantées de blanc glissaient sur les meubles et que son regard de vautour vérifiait à la lumière les verres et les carafes, mieux valait se tenir sur ses gardes. Car rien ne trouvait jamais grâce à ses yeux. Et ses jugements péremptoires et odieux étaient assortis de commentaires outrageants sur le physique ou la tenue des tancés. Ainsi, au moment où elle avait ses règles, Corentine écopait toujours de la même réflexion :

— On voit que tu as tes jours, Berthe, tu sens affreusement mauvais. C'est vrai que l'hygiène, c'est pas le fort des Bretons !

Marcel et Mathilde, ces chiens, la première fois où la saillie avait été lancée, avaient cru bon de rire servilement. Aussi, ce jour-là, Corentine aurait souhaité rentrer sous terre tellement elle avait honte de ne pouvoir faire une vraie toilette, par ailleurs impossible dans la promiscuité de la cuisine. Mais comment prendre soin de soi dans de telles conditions, lorsqu'on doit laver les chiffons servant de garnitures dans le lavabo qui dessert toutes les chambres de domestiques au sixième étage, puis les faire sécher dans un réduit non aéré et bientôt en cachette parce qu'il ne fallait pas que Mme Derrien puisse voir un tel étendage ?

Plus tard, en entrant dans son réduit, elle avait en effet constaté l'existence de ces lessives et accusé Corentine d'installer l'humidité dans l'appartement, donc de favoriser la vermine.

Ce qui rendait la patronne folle de rage, c'était que l'on réponde à ses injures ou à ses remontrances… même pour lui présenter des excuses. Elle gifla un jour Corentine à ce propos avec tant de violence que celle-ci en tomba par terre et s'assomma contre le pied de la table. La réflexion qui suivit n'avait rien d'une douceur :

— Ce que tu peux être maladroite, ma pauvre fille…

Pour Marcel et Mathilde, qu'elle ne pouvait battre, la punition était moins physiquement violente mais toujours la même, implacable : la retenue sur les gages ! Agrémentée souvent de la privation du jour de congé et du commentaire rituel :

— Pour ce que ça va vous coûter… Avec tout ce que vous me volez !

Plus les jours et les mois passaient, plus les violences verbales et physiques devinrent fréquentes. Aussi, un jour où la Derrien avait encore dépassé les bornes, Corentine rompit la loi du silence qu'elle s'était imposée vis-à-vis de Marie-Jeanne. Venue boulevard de Magenta pour voir Marcel comme elle le faisait de temps en temps, celle-ci entendit la jeune fille déclarer :

— Ce n'est plus possible, Marie-Jeanne, Mme Derrien devient folle !

— Je sais, Marcel m'en a parlé. Bon, on a décidé de se mettre en ménage, lui et moi. Avec nos économies, on va ouvrir un petit commerce. Il faut que j'annonce à Mme de La Rousselaye que je vais la quitter. Mon Dieu, ça va pas être facile.

Soupir... Aucun mot de commisération, de soutien. Juste son propre égoïsme. Cette annonce augurait-elle d'une promesse d'un emploi moins dur ?

— J'ai préparé mon départ, reprit Marie-Jeanne. Évidemment, ce n'est pas encore une place pour toi. Mais j'ai formé l'une des bonnes au travail de femme de chambre. Peut-être pourrais-tu la remplacer ? Ça t'intéresserait ?

Si ça l'intéressait ? Corentine avait maintenant quinze ans, avait subi trois ans de servage et de maltraitance, envoyé tous les mois la quasi-totalité de ses maigres gages à Kersaludès sans jamais revoir les siens et Marie-Jeanne lui demandait si ça l'intéressait !

— Il faudrait voir avec le maître d'hôtel et la gouvernante, mais présentée par moi, ça pourrait se faire. Attention, ne t'emballe pas. Les La Rousselaye, c'est de la haute ! Faudra faire tes preuves. Ce qui serait bien, c'est que la Derrien te donne quand même un bon certificat. Tu crois qu'elle acceptera ?

Un sourire illumina le regard de ma grand-mère.

Corentine savait comment s'y prendre pour obtenir le précieux viatique. Réaliser son modeste rêve lui paraissait, enfin, accessible.

V

Plusieurs mois plus tôt, Mme Derrien avait été invitée à prendre le thé par la vicomtesse de La Rousselaye. Il faut dire que le docteur son mari, appelé en urgence pour soigner une mauvaise fluxion de poitrine du vicomte, s'en était fort bien acquitté. Il était, depuis lors, le médecin attitré de l'hôtel particulier de la rue du Bac et la gracieuse vicomtesse, parfaitement bien élevée, avait marqué le coup par une invitation à son épouse, carton glacé qui valait solde de tout compte. La Derrien était revenue de cette réception dans un état d'excitation intense et pour une fois, au dîner, elle n'avait pas tympanisé son époux avec des questions ménagères mais en l'abreuvant de détails sur l'heure enchanteresse vécue cet après-midi-là. Littéralement éblouie par le luxe des lieux, elle n'était pas assez fine pour détecter ce qu'il y avait de condescendance dans l'urbanité aristocratique de son hôtesse qui considérait en fait tout médecin de famille comme un domestique, certes de haut niveau, mais qui se devait de rester à sa place.

Depuis, chez les Derrien, les références aux La Rousselaye étaient incessantes. Et pour le trio Mathilde-Marcel-Corentine, le cauchemar s'était amplifié de demandes totalement irréalistes visant à copier – sans succès – la componction empressée du personnel de la vicomtesse.

— Décidément, il n'y a rien à attendre de vous ! Vous resterez des bouseux, leur avait-elle un jour lancé, totalement découragée.

Les dames qui venaient au « jour » n'avaient pas été plus épargnées, abreuvées de multiples et pathétiques « mon amie, Mme de La Rousselaye » ou « j'en parlais l'autre jour à la vicomtesse de La Rousselaye ». Elles se virent même servir du thé Lapsang Souchong que tout le monde trouva ignoble mais que Mme Derrien – elle aussi l'appréciait peu – avait découvert lors de cette invitation mythique.

*

Pour se rendre au rendez-vous d'embauche, Corentine avait inventé une demande de Marie-Jeanne à venir l'aider un jour de « grand déjeuner ». Et comme Mme Derrien ne pouvait rien refuser à la première femme de chambre de son idole…

Corentine s'était donc rendue rue du Bac, où elle avait rencontré le maître d'hôtel et la gouvernante. Leur ayant fait la meilleure impression, l'affaire avait été rapidement conclue. Son salaire était doublé à 60 francs, deux vrais dimanches complets par mois accordés, deux costumes de service neufs alloués et

surtout une chambre à elle. Face à tant de « générosité », elle était sortie quasiment étourdie sur le trottoir du VIIe arrondissement, avec le sentiment d'avoir gagné à la loterie. En revanche il restait une épreuve à affronter : annoncer son départ à Mme Derrien et obtenir un certificat de références. Et le faire vite car elle débutait le lendemain matin dans sa nouvelle place !

— Madame, je sors de chez Mme de La Rousselaye, dit-elle dès qu'elle fut de retour et sans laisser à sa maîtresse le temps de s'étonner ou souffler. Celle-ci souhaiterait me prendre à son service mais elle ne veut pas vous désobliger.

In petto, Corentine pensa : Tu parles, elle n'est même pas au courant !

— Toi, Corentine, chez les La Rousselaye ! s'étonna, s'offusqua presque, Mme Derrien.

Au passage, la « grosse » avait oublié Berthe et Corentine avait retrouvé son prénom. L'autre reprit :

— Bien entendu, je ne peux rien lui refuser. Je me fais même un devoir de lui rendre ce service.

— Pour la bonne règle, osa ma grand-mère, il me faudrait une lettre que je remettrai demain à Madame la vicomtesse quand je prendrai mon service. Une lettre pour préciser que je vous quitte libre de tout engagement et où vous indiquez si vous avez été satisfaite de mes services.

Elle d'ajouter :

— Je lui ai dit aussi que vous m'aviez appris tout ce qu'il fallait connaître dans une grande maison.

La ficelle était un peu grosse mais l'autre, aux anges, la saisit et tomba dans le panneau.

— Toi, au moins, tu as le mérite de le reconnaître ! Quand tu es arrivée ici, tu peux dire que tu sortais de la cour de ta ferme. Tu auras la lettre ce soir.

À la cuisine, ce fut la désolation. Mathilde vit avec terreur recommencer la valse des jeunes bonnes auxquelles elle devrait tout apprendre des folies de la patronne. Marcel, nostalgique, se préparait aussi à partir pour se mettre à son compte avec Marie-Jeanne, mais voir Corentine s'en aller signifiait aussi, d'une certaine façon, la fin d'une époque, celle de la liberté, avec sa mise sous surveillance constante d'une compagne bien décidée à ne lui passer aucun écart de conduite.

La Bretonne ne ferma pas l'œil de la nuit tellement elle craignait de ne pas arriver à l'heure rue du Bac. À 5 heures, elle se trouvait sur le boulevard Magenta, ayant échappé aux baisers équivoques de Marcel et aux jérémiades de Mathilde. Celle-ci lui avait lu la lettre dont l'avait gratifiée Mme Derrien.

— Eh bien, dis donc, elle t'en met une tartine, avait-elle commenté. Pour une fois, la vieille bique n'est pas avare de compliments ! Écoute ça : propre, honnête, travailleuse. Je rêve ! Tu nous l'as changée…

Corentine, elle, comprenait une chose : c'est que sa vie à elle allait changer.

VI

Elle n'avait pas pris l'omnibus, sachant qu'on ne l'espérait pas avant 7 h 30 à l'hôtel de Vendres. Marie-Jeanne lui avait indiqué d'attendre sur le trottoir et précisé qu'elle viendrait la chercher pour lui faire rencontrer une autre bonne, « une personne très importante, je ne t'en dis pas plus, tu verras ça toi-même ».

À l'heure dite, elles firent leur entrée dans l'immense cuisine où une dizaine de personnes prenaient un copieux petit déjeuner, du café au lait, des tartines, de la brioche, la motte de beurre sur la table et plusieurs sortes de confitures à portée. Après avoir été invitée à partager la collation, Corentine fut présentée à la compagnie. Une évidence d'emblée s'imposa à elle : clairement, il existait dans l'assemblée un ordre protocolaire qu'il convenait d'assimiler et respecter. Le maître d'hôtel, la gouvernante, le valet de chambre de Monsieur, la femme de chambre de Madame, les chauffeurs et les cochers, les cuisinières et les cuisiniers puis, tout en bas, les bonnes et des personnes à l'activité indéterminée. Une femme

tranchait dans ce groupe dont Corentine apprit, par la suite, qu'il était loin d'être au complet. Annoncée comme une des bonnes, elle portait néanmoins un chemisier en dentelle et un très joli camée qui tranchait avec l'uniforme sévère de ses congénères. Un sourire ravissant aux dents parfaites, une taille divine, des mains qui visiblement ne faisaient guère de ménage indiquaient un statut pas comme les autres. Mais de quelle nature ?

— Je m'appelle Aurélie, lui dit-elle avec une sorte de condescendance comme si elle était la maîtresse de maison. C'est toi maintenant qui m'aideras dans mon service.

*

Ma doué, ça recommençait, songea Corentine. Elle allait être la servante de la servante. Ma foi, il fallait bien commencer par quelque chose d'autant que, visiblement, c'était cette Aurélie que Marie-Jeanne avait qualifiée de « très importante »...

Marie-Jeanne s'occupa de l'installation. La Bretonne retrouva le quatrième étage de son premier soir à Paris. Et le même équipement dans sa chambre : un lit en fer, une chaise paillée, une table de toilette, un seau hygiénique. On lui montra ensuite le point d'eau sur le palier et les lieux d'aisances où vider son seau, lui vanta le grand placard qui fermait à clé ainsi que la vraie fenêtre. Sur le lit l'attendaient ses deux costumes et même une paire de bottines en cuir à sa taille. La robe était confectionnée dans un beau drap souple, la coiffe, le col, les manchettes et le tablier

ornés de dentelles. Corentine eut tôt fait de se vêtir, mais au moment de quitter la chambre, elle s'étonna qu'il n'y eût pas de clé sur la porte. Marie-Jeanne lui expliqua, un peu gênée, que le maître d'hôtel et la gouvernante voulaient pouvoir vérifier à tout moment l'état des lieux. Tout cela ne paraissant pas très crédible, la nouvelle venue poussa plus loin son investigation :

— Cette Aurélie, elle fait quoi exactement ? On dirait qu'elle est la patronne.

Marie-Jeanne s'étouffa d'un rire encore plus contraint.

— Tu crois pas si bien dire ! En fait, c'est la bonne amie de Monsieur.

— Monsieur ?

— Ben oui, Monsieur, Monsieur quoi, le patron ! Elle le fait tourner autour de son petit doigt, tu as donc plutôt intérêt à te faire bien voir. Mais attention, ne fais pas la coquette avec le patron, sinon tes jours ici seront comptés. Il monte la voir presque tous les soirs. T'entendras le barouf !

Corentine commençait à comprendre qu'elle était tombée dans un sacré panier de crabes où il allait falloir jouer serré.

Marie-Jeanne continua :

— Bon, j'te dis tout ! Monsieur est un chaud lapin. C'est lui qui a demandé que les chambres ne soient pas fermées. Faut dire qu'après la naissance du troisième, Madame lui a fermé sa chambre, elle voulait plus d'enfants. Le pauvre, fallait bien qu'il se rabatte sur du petit gibier.

L'acceptation cynique des viols de ses domestiques par le vicomte laissa Corentine aussi estomaquée qu'inquiète. Son tour viendrait à elle aussi, c'était à craindre…

— Mais comment je vais faire si je peux pas fermer ma porte à clé ?

— Pas de coquetterie, de regard en coin. Fais-toi toute petite, essaie de ne pas te montrer. De toute façon, Aurélie s'occupera de ça. Faut dire qu'elle l'a bien embobiné. D'habitude avec les bonnes, ça dure quelques semaines, mais là, ça fait presque un an. À mon avis, t'es tranquille. Aurélie, elle sait le prendre au lit. Tu verras, on entend tout : ils font ça dans la piaule à côté de la tienne.

Sur ces paroles qui ouvraient les portes d'un monde moins élégant qu'annoncé et espéré, elles quittèrent le quatrième, descendirent et s'arrêtèrent au deuxième étage.

— Viens, je vais te présenter à Madame, annonça Marie-Jeanne. Et je vais lui faire mes adieux.

Après l'envers, Corentine découvrait enfin l'endroit du décor. Un immense couloir, orné de tableaux, donnait sur la cour pavée qu'elle avait entraperçue le soir de son arrivée à Paris. Sa comparse toqua à une porte et une voix fluette répondit :

— Ah, vous voilà Marie-Jeanne !

Corentine n'en revint pas. Le spectacle offert était inouï : la chambre était immense, envahie d'une quantité de commodes, de méridiennes, de fauteuils, de tapis, de tableaux. Dans un lit gigantesque, appuyée sur des oreillers brodés, une femme, cheveux

dénoués, habillée d'un saut-de-lit en dentelles, sirotait une tasse de thé alors que deux chiots se disputaient les rôties beurrées du plateau. Une servante tentait – sans grand succès – de remettre un peu d'ordre.

— Bonjour, Madame. Je viens vous faire mes adieux.

— Oui, vous êtes une vilaine. Mais Gilberte est parfaite, vous l'avez bien dressée.

— Merci, Madame. Et je suis venue vous présenter Corentine qui va la remplacer à l'office.

— Corentine ? Ce prénom est bien joli. Vous êtes Bretonne évidemment. Mesdemoiselles, je ne vous retiens pas. Tenez, Marie-Jeanne, c'est pour vous, en cadeau de départ.

La maîtresse tendit un portefeuille à son chiffre qui devait contenir quelques billets. Marie-Jeanne se confondit en remerciements. Mais la vicomtesse déjà se désintéressait de la situation, visiblement passée à autre chose. Dans quelques jours, elle ne se souviendrait sans doute plus de celle qui se croyait indispensable à ses côtés et qui avait été la confidente de tous ses chagrins, petits ou grands. Les domestiques croient que leurs maîtres se confient à eux, pensa alors Corentine. Or ils ne se parlent qu'à eux-mêmes.

*

Il fallut plusieurs semaines à ma grand-mère pour comprendre la disposition des lieux. Dans l'hôtel particulier, tout ressemblait à ce qu'elle imaginait d'un décor de théâtre. Il y avait des salons, des

chambres, des galeries, des antichambres, des cabinets luxueusement meublés, puis à l'arrière, des pièces d'apparat et accessibles par de petites portes quasiment invisibles, tout un entrelacs d'escaliers, de sombres corridors, de locaux de service où évoluaient des domestiques au rôle soigneusement codifié. On voyait de temps en temps les enfants des maîtres s'y égarer lors de leurs parties de cache-cache, mais très vite, les nurses les récupéraient comme s'ils s'étaient égarés dans de mauvais lieux. Certains surprenaient aussi Monsieur le vicomte lorsqu'il empruntait l'escalier sale et puant pour rejoindre Aurélie… Ceux-là – ou celles-là – avaient tôt fait de disparaître dans une encoignure.

Elle mit aussi beaucoup de temps à saisir les hiérarchies complexes et parfois changeantes qui régissaient le personnel des La Rousselaye, une trentaine de personnes au total. Corentine étudiait chacun, mais, surtout, tentait de deviner qui pourrait, à l'avenir, l'aider dans ses projets… qu'il était prématuré pour l'instant de formaliser. Mais elle y arriverait, de cela elle était certaine.

VII

Le temps avait passé à une vitesse folle.

Ce matin-là, Corentine se faisait la réflexion qu'elle était rentrée jour pour jour sept ans auparavant au service du vicomte de La Rousselaye et de son épouse mais qu'il lui semblait que c'était hier. Elle avait aujourd'hui vingt-deux ans, faisait maintenant partie de la « vieille garde » et s'occupait désormais d'assurer la réception des nouvelles recrues dans l'escouade des bonnes, le sous-prolétariat de la domesticité en cette demeure aristocratique. Ces jeunes filles qui arrivaient de leur province, âgées pour certaines d'à peine douze ans et jamais plus de seize, assuraient les tâches les plus rebutantes. Elles avaient rarement un accès direct aux maîtres qui ne s'adressaient qu'aux gradés, maître d'hôtel en tête, première femme de chambre de Madame, valet de chambre de Monsieur ensuite. Ce dernier entretenait aussi une vraie complicité avec son chauffeur, dont on devinait qu'il était le complice de nombreuses parties fines. Quant à Madame, c'est avec la gouvernante des enfants, assistée de deux nurses, qu'elle

entretenait une relation épisodique lui donnant l'illusion d'être une mère parfaitement attentionnée. L'exercice de sa fonction maternelle était en vérité des plus restreints : les enfants venaient l'embrasser avant de se coucher et avaient parfois l'autorisation de prendre le goûter dans son petit salon, privilège qui devait se justifier par une conduite exemplaire. Elle établissait aussi les menus avec la cuisinière et le maître d'hôtel, séance hebdomadaire dont elle sortait régulièrement en se plaignant d'avoir la migraine, à croire qu'elle avait poussé des wagonnets au fond de la mine.

*

Corentine, une fois ses marques trouvées, avait compris le fonctionnement de la maisonnée, évalué les rapports de force qui régissaient le personnel, et s'était constitué une panoplie de survie.

La difficulté majeure restait d'échapper à la prédation sexuelle qui sévissait de manière endémique à l'hôtel de Vendres, comme dans la majorité des maisons bourgeoises ou aristocratiques de ce début du XXe siècle. La vertu affichée des maîtresses de maison couvrait l'état de quasi-prostitution du prolétariat domestique. Les agressions et les viols étaient le fait des maîtres, mais aussi de leurs hôtes et très souvent des autres membres du personnel. Rue du Bac, le maître d'hôtel semblait heureusement préférer les hommes, mais le cocher ne comptait plus le nombre de bonnes qu'il avait mises enceintes et qui s'étaient vues renvoyées sur-le-champ. Elle était bien là, l'injustice cardinale : la servante qui

ne pouvait plus dissimuler sa grossesse était considérée comme une fille de mauvaise vie et devait quitter la maison avec, bien souvent, la retenue de ses derniers gages. Ainsi Gilberte, la femme de chambre qu'avait formée Marie-Jeanne, avait été congédiée un matin sans que l'on sache exactement des œuvres de qui elle était grosse.

Le maître d'hôtel avait sondé Corentine, qu'il avait en considération, pour savoir si la place de Gilberte l'intéressait. Ma grand-mère avait joué les effarouchées, se disant incapable d'occuper un poste aussi raffiné. En fait, elle était surtout désireuse d'échapper le plus possible au regard du vautour redoutable qu'était le maître, elle qui avait dès le début adopté une conduite d'une rigoureuse simplicité, refusé toute coquetterie et évité de se retrouver seule avec un homme quel qu'il fût, même pour une banale conversation. Une attitude adoptée dès les premiers jours, quand elle n'avait quasiment pas fermé l'œil de peur de voir entrer quelqu'un dans sa chambre et de se retrouver sans défense. Il faut dire que les ébats dans les mansardes du quatrième ne facilitaient pas le repos nocturne. Heureusement, au bout de quelques semaines, elle avait obtenu d'Aurélie, qui ne demandait que cela, que lui soit restituée la clé de sa chambre. Et le soir, depuis sept ans, elle verrouillait à deux tours de clé et, pour plus de sécurité, coinçait la poignée avec sa chaise. Tout allait donc bien sur ce plan. Elle avait même surmonté l'épisode dramatique du départ d'Aurélie sans être importunée.

*

La liaison d'Aurélie avec le vicomte s'était en effet poursuivie au moins deux bonnes années après l'arrivée de Corentine. Mais cette dernière n'avait pas été sans remarquer que, peu à peu, les visites du vicomte s'espaçaient et qu'il se montrait moins assidu. Ses montées par l'escalier de service, autrefois quasi quotidiennes, étaient progressivement devenues rares. D'autres indices indiquaient la future répudiation. Aurélie se montrait le matin, à la cuisine, les yeux bouffis par les larmes et l'attente infructueuse de son amant. Comme la fin approchait, bientôt les autres domestiques s'étaient déchaînés, mêlant moqueries et rebuffades, trop heureux de reprendre l'ascendant sur celle qui les avait toisés quand elle était la favorite.

Et un jour, Corentine avait surpris une conversation édifiante dans le petit salon de Madame, quelques minutes avant le départ de Monsieur pour son cercle.

— Au fait, Marie-Rose, vous changerez de bonne, celle-ci ne me plaît plus.

La vicomtesse, sœur d'un archevêque, présidente d'œuvres de charité, modèle réputé de piété chrétienne, ne sembla pas émue par la demande :

— Bien, mon ami. N'oubliez pas que nous avons votre mère à dîner ce soir.

— Très chère, aucun risque que j'oublie, jeta le vicomte en riant avant de s'éclipser en lui baisant la main.

Ce fut la seule oraison funèbre dont bénéficia Aurélie. Après cet échange, le maître d'hôtel fut

convoqué par Madame et prié de se livrer, dans les meilleurs délais, au renvoi de la malheureuse.

Le sort de cette dernière fut réglé en quelques heures afin qu'elle eût quitté les lieux avant le retour de Monsieur et pour éviter tout scandale. Le maître d'hôtel, préposé habituel à ces exécutions, lui remit une petite somme d'argent et un certificat de travail plutôt laconique. Corentine fut, elle, invitée à aider la déchue à faire son bagage. Dans sa chambre, la pauvre fille, dévastée par les sanglots, s'était trouvée incapable de reprendre sa respiration chaque fois qu'elle mettait dans son sac l'un des petits cadeaux du vicomte.

— Enfin, Aurélie, qu'avais-tu espéré ? avait osé ma grand-mère. Tu ne croyais quand même pas que ce truc allait déboucher sur quelque chose de sérieux ?

— Évidemment. Mais je pensais qu'il m'installerait dans mes meubles… Je croyais qu'il m'aimait un peu… Il me l'avait promis…

— Aurélie, réveille-toi ! Tu l'aurais attendu des jours durant. Sans espoir. Mais maintenant, tu vas retrouver du travail, ça manque pas, et rencontrer un brave garçon, avoir des enfants.

Les sanglots redoublèrent.

— Même ça, je l'ai raté, Corentine. Je suis tombée enceinte plusieurs fois, tu penses bien. Monsieur, il prend pas de précautions. Chaque fois, j'ai fait passer le gosse chez une tricoteuse avec, ensuite, un curetage à Lariboisière. Ils te font ça à vif… Ils prétendent que c'est pour t'empêcher de recommencer. Tu parles… Là-bas, ils m'ont dit, la dernière fois, que c'était ma faute, que je ne pourrai plus avoir

d'enfant. Comment veux-tu que je me marie maintenant ?

Corentine avait été atterrée en découvrant les souffrances innommables que s'était imposées celle devenue au fil du temps son amie. En la quittant sur le trottoir ce jour-là, elle fit promettre à Aurélie de donner des nouvelles. Elle apprit quelques jours plus tard que la pauvre fille avait loué un petit appartement. Et s'était suicidée en ouvrant le gaz.

Les commentaires à la cuisine avaient été sobres.

— De toute façon, elle n'avait plus que ça à faire…

Il est probable que ni le vicomte ni sa femme ne furent informés de ce drame. Un drame qu'ils auraient estimé ne les concerner en aucune façon !

*

La leçon avait été d'airain pour Corentine : tout faire pour éviter ce cauchemar et cette humiliation, donc ne se laisser attraper par aucun compliment ni boniment.

La deuxième chose qui lui était très vite apparue primordiale était d'être informée de ce qui se tramait aussi bien chez les maîtres que chez les domestiques, les complots, les intrigues amoureuses, ceux et celles qui se trouvaient en grâce et qu'il convenait de ménager, ceux qui avaient perdu les faveurs des puissants et avec qui il valait mieux éviter de s'afficher au risque de se voir entraîné dans leur chute. Elle aimait ce travail de renseignement, d'écoute, de recoupement des informations et deviner ainsi, avant même les intéressés, les histoires qui

allaient survenir. Parfois elle songeait qu'elle n'aurait pas détesté être policier ou espion...

Mais pour cela, encore aurait-il fallu qu'elle sache lire et écrire. Or, à ce sujet, elle n'avait fait quasiment aucun progrès. Bien sûr, elle parlait maintenant parfaitement le français, elle qui écoutait avec beaucoup d'attention la manière de s'exprimer de Mme de La Rousselaye, non seulement sœur d'archevêque, mais belle-sœur d'un écrivain catholique de renom. La dame se piquait d'ailleurs d'écrire des articles pour une revue religieuse et, sur un ton traînant inimitable, utilisait à foison des mots précieux que la petite Bretonne s'efforçait de retenir. Mais elle était coincée dans ses progrès, car aucun domestique n'était susceptible de l'aider. Les filles étaient quasiment toutes illettrées ; quant aux hommes, certains auraient été heureux de lui donner des cours trop... particuliers.

*

Pour le reste, la place était bonne, la nourriture abondante et même relativement raffinée. À l'hôtel de Vendres, les domestiques ne se voyaient pas attribuer les reliquats des repas, ils bénéficiaient de préparations certes plus simples que les maîtres mais fort appétissantes. Les costumes de service étaient régulièrement entretenus dans une énorme buanderie où Corentine adorait admirer la repasseuse qui s'affairait sur les tuyautés du linge de Madame et les cols de chemise de Monsieur. C'était aussi cela qui lui plaisait, regarder, sans mot dire mais en n'en perdant

pas une miette, le train d'une maison aristocratique : les valets dressant la table d'un grand dîner sous l'œil du maître d'hôtel qui, avec un mètre-ruban, vérifiait les espacements, le service des mets et des vins, les préparations dans les cuisines, les bouquets, les femmes de chambre organisant les chambres pour la nuit – ce qu'elles appelaient « faire la couverture » –, la façon dont les familiers des lieux se débarrassaient, à leur arrivée, des cannes et chapeaux, en appelant le domestique par son prénom, signant ainsi leur proximité avec une famille dont les réceptions somptueuses faisaient la joie des gazetiers. Un jour, pensait-elle, elle aurait une maison à elle. Où elle reprendrait tout ce qu'elle avait appris, se rendant compte que vivre d'une manière raffinée était parfois plus une question d'éducation que d'argent.

*

Ses gages lui permettaient quelques douceurs. Elle envoyait toujours, chaque mois, un mandat à sa mère – dont elle n'avait pas souvent des nouvelles –, mais avait aussi ouvert un livret de caisse d'épargne. Si bien qu'elle terminait sa septième année de service à Vendres riche d'un vrai petit pactole à ses yeux : 1 500 francs.

Le dimanche, « son jour », elle allait s'asseoir dans un parc où il y avait un coin tranquille, un manège, un orgue de barbarie et des balançoires. Dans ce jardin, paisible, fréquenté par des mères de famille et des bonnes d'enfant, on ne risquait pas d'être importunée. Au petit comptoir qui servait des

consommations, elle commandait un vin cuit avec un biscuit de Reims. Là, elle rêvait à la vie, imaginait ce qu'elle ferait de ses sous, se voyait revenir comme une dame à Kersaludès. L'orgue emplissait l'air de ses harmonies grinçantes, les cris des enfants se répondaient, les saveurs du banyuls lui tournaient la tête. Corentine était en paix comme jamais elle ne l'avait été.

VIII

La vicomtesse recevait pour le thé tous les mardis et Corentine était maintenant capable d'en assurer le service avec discrétion et adresse. Elle faisait même partie, désormais, des domestiques que les habituées appelaient par leur prénom. Elle avait eu, un jour, la surprise de voir réapparaître la Derrien. La « grosse », devenue énorme, avait eu grand peine à loger son postérieur dans la fragile bergère. Comme elle n'avait pas reconnu son ancienne bonne, Corentine s'était payé le luxe de darder son regard bleu droit dans le sien en lui présentant le cake aux fruits confits qui faisait la réputation des cuisines de l'hôtel de Vendres.

— Berthe ?

— Non, vous faites erreur, Madame, Corentine.

— Oui, bien sûr, Corentine.

La grosse s'était sentie mal, coincée dans la bergère, engoncée dans un tailleur trop serré, transpercée par ces yeux impérieux. Elle avait enfourné un gros morceau de cake pour se donner une contenance et manqué s'étouffer dans l'indifférence générale.

Qu'elle crève, cette vieille carne, avait pensé Corentine.

Mme Derrien ne faisant pas partie de la liste des familiers, sa réapparition ne fut suivie d'aucune autre.

*

Parmi ces abonnées du thé, certaines étaient des amies de la vicomtesse, d'autres des parentes. L'une d'entre elles se montrait particulièrement assidue, Mme Le Bris, une cousine éloignée de Monsieur, par ailleurs épouse d'un banquier. Très sûre d'elle, vibrionnante, elle occupait l'espace. Son mari et elle, l'invitée régulière des dîners et des réceptions, étaient inévitables à l'automne à la chasse, en été à Deauville. Bref, Corentine s'attendait à les voir surgir à tout moment. Et aimait les entendre converser sans qu'ils se préoccupent d'elle, grappillant dans leurs propos des informations bien utiles.

Toujours à l'affût, elle avait un jour surpris une discussion entre M. Le Bris et le vicomte. Un soir, après dîner, les deux hommes s'étaient mis à l'écart dans le fumoir.

Tu parais soucieux, mon cher cousin. Tu travailles beaucoup ! Pourtant, tu n'as aucun souci avec tes affaires, m'a-t-on dit ?

— Mieux, ce serait trop ! Non, non, ce n'est pas cela qui me préoccupe, mais mon fils, Jules. Comment t'expliquer… Il va avoir vingt-quatre ans et il ne s'intéresse pas aux femmes. Avec sa mère, nous avons même cru que… enfin tu vois ce que

je veux dire... Mais non. Il n'a pas de maîtresse, ne s'intéresse absolument pas aux jeunes filles que nous lui présentons. Je l'ai emmené au Chabanais où j'avais donné des ordres à la sous-maîtresse pour qu'on lui trouve une jolie fille bien dégourdie. Eh bien, tu ne devineras jamais : il est resté à bavarder avec elle, à lui demander d'où elle venait, si elle n'avait pas envie de changer de métier ! Quand on m'a raconté ça, je ne savais plus où me mettre... Je lui ai passé une mercuriale sévère et il m'a raconté des trucs sortis de romans à l'eau de rose, qu'il rêvait du grand amour et patati et patata. Je te jure : je me fais un sang d'encre.

Le Bris semblait aux bords des larmes tandis que le vicomte était mort de rire.

— Mon pauvre vieux, il ne faut pas dramatiser. C'est un doux rêveur, ton Jules. Laisse-moi te dire – amicalement – que vous l'avez un peu couvé, ma cousine et toi. Tu sais ce que tu vas faire ? Me l'envoyer. Je vais me charger de son éducation, à ton gamin. Dans trois mois, je te le renvoie et tu ne le reconnaîtras plus !

*

Peu après, Jules Le Bris s'installait à l'hôtel de Vendres comme s'il était le fils de la maison.

Ma grand-mère mit exactement deux jours pour tomber follement amoureuse de lui. Il ne ressemblait à aucun des hommes qu'elle avait rencontrés jusqu'alors, aristocrates indifférents et jouisseurs, domestiques entreprenants et vulgaires, paysans frustes

et compassés. Jules était grand, mince, doté d'un regard doux, de moustaches tombantes et de mains délicates. Il partait le matin tôt travailler dans l'une des agences de la banque familiale, revenait pour bavarder avec la vicomtesse dans son boudoir ou s'amuser avec les enfants comme un gosse. Un jour, lors d'une partie de cache-cache en leur compagnie dans l'escalier de service, il était tombé sur Corentine. Avec une incroyable simplicité, il s'était assis sur une marche pour causer, lui avait demandé son prénom et sa fonction exacte. Il s'était aussi enquis de sa région d'origine, de sa famille, avait semblé s'inquiéter qu'elle en ait été séparée depuis si longtemps. Elle, d'abord restée debout adossée contre la rampe, bientôt s'était tout naturellement assise à côté de lui. Tous deux n'étaient plus un bourgeois et une domestique mais des jeunes gens qui riaient et bavardaient.

Depuis, chaque fois que Jules la rencontrait dans la maison, il la saluait d'un « mademoiselle Corentine » respectueux et demandait des nouvelles de sa santé. Elle avait remarqué que le jeune homme avait souvent un livre à la main et pouvait, pour le dévorer, s'installer un peu n'importe où. Une fin d'après-midi, alors qu'elle redescendait de sa mansarde où elle était montée changer une manchette qu'elle avait tachée, elle le trouva assis sur les marches, plongé dans un gros volume à couverture rouge sombre. Il n'y avait pas à s'y tromper : l'invité du vicomte l'attendait.

Elle s'assit sur les marches tranquillement.

— Vous êtes au calme ici.

— Oui, j'aime lire. Et cet ouvrage est passionnant. C'est Jules Verne, *Les Indes noires*. Il y a dans ce livre une jeune fille, Nell, qui me fait penser à vous. Si vous voulez, je vous le prêterai.

Corentine n'hésita pas un instant.

— Monsieur, je vous remercie mais je ne sais pas lire, déclara-t-elle en se levant brusquement. Ni écrire évidemment, ça va avec.

Avec violence, leur différence de condition sociale avait balayé ce début d'intimité. Elle s'en voulait d'avoir rêvé, d'avoir imaginé elle ne savait quoi, il lui fallait revenir sur terre. Mais Jules saisit sa main et la força à se rasseoir.

— Et si je vous apprenais à lire ? Et à écrire ?

Corentine eut l'impression que la terre s'ouvrait sous ses pieds. De façon totalement inattendue, un jeune homme de bonne famille lui proposait de réaliser le rêve qu'elle avait caressé dès son arrivée rue du Bac.

— Mais, Monsieur, c'est impossible ! Vous n'aurez pas le temps et puis…

— Du temps, j'en ai plus qu'il n'en faut. Vous êtes très intelligente, mademoiselle Corentine. Ça ira donc très vite. Voyons, vous avez bien des moments pour vous, dans cette maison ?

— Oui, quand je suis de service le soir – et c'est presque tous les jours – j'ai une pause en fin d'après-midi.

— Eh bien, c'est parfait. Nous nous retrouverons à ce moment-là et nous serons très bien, assis dans cet escalier. Ce sera notre secret !

*

Les progrès de Corentine furent phénoménaux pour la lecture, beaucoup plus lents pour l'écriture. Chaque soir, elle emportait dans sa chambre une revue ou un livre que Jules lui prêtait. Cet apprentissage était sans doute trop tardif pour que la jeune fille y prenne un vrai plaisir sensuel. Sans doute aussi, la dureté de son existence avait-elle tué en elle la capacité à s'évader, à croire aux péripéties imaginaires. En fait, elle avait trop peur de rêver, trop peur de perdre le contrôle, trop peur d'être heureuse. Il lui fallait quitter les choses avant qu'elles ne la quittent. Elle avait des discussions passionnées avec Jules, indiquant à ce dernier que les aventures des romans qu'il lui prêtait n'avaient ni queue ni tête, ce dont il convenait sans difficulté. Par la suite et sa vie durant, ma grand-mère considéra que lire et écrire étaient des outils indispensables et parfois des armes redoutables, mais en aucun cas un divertissement.

*

Jules demanda à prolonger son séjour, ce que ses hôtes lui accordèrent volontiers. Pour répondre à la sollicitation de son cousin Le Bris, le vicomte lui avait bien lancé, au début, quelques invitations à partager des dîners entre hommes au Jockey ou des soirées au cabaret, trop heureux de lui faire partager son existence de débauché. Mais le garçon avait poliment décliné. Alors son mentor n'avait pas insisté, n'ayant nulle envie de s'embarrasser d'un pareil bonnet de nuit lors de ses virées nocturnes.

Hélas, la situation ne pouvait pas se poursuivre indéfiniment. Corentine le savait, elle qui avait par ailleurs surpris une conversation à ce propos entre Mme Le Bris et Mme de La Rousselaye. Le départ de Jules de l'hôtel de Vendres était prévu pour la fin juillet. Il devait suivre ses parents qui partaient en villégiature à La Baule. Il n'était plus temps de rêvasser : les choses revenaient à leur place. Quand Corentine apprit qu'elle faisait partie de la troupe requise pour servir dans la somptueuse villa de Deauville, la tristesse lui tomba dessus. Mais rien, il ne fallait rien montrer.

Ils se quittèrent cérémonieusement dans l'escalier devenu quelques mois durant une salle de cours. Jules promit d'écrire. Corentine n'en crut pas un mot.

IX

Dans le parc, l'orgue de barbarie était toujours aussi criard, les jeux des enfants résonnaient comme jamais et le soleil de ce début octobre engourdissait ma grand-mère. Soudain, elle sentit une présence à côté d'elle. Quand une main prit la sienne, quand une voix dit doucement : « Corentine… », elle frémit et sursauta, incrédule.

— Monsieur Jules !

— Ah non, nous sommes amis maintenant, appelez-moi Jules.

— J'aurai du mal, mais je vais essayer. Comment m'avez-vous trouvée ?

— Je vous ai suivie évidemment. Ce n'était pas bien compliqué. Qu'est-ce que vous buvez ?

— Du banyuls.

Le jeune homme alla chercher deux verres, mais elle se garda bien d'y toucher. Un seul suffisait pour lui faire tourner la tête, or c'était le moment de garder son sang-froid.

— Vous avez continué à lire ?

— Pas vraiment. Vous savez, à Deauville, nous avons un travail fou. Chaque jour des réceptions. Toutes les chambres d'amis sont occupées et le service bien compliqué.

Lui imaginait sans peine l'incroyable train d'une maison qui comptait quinze chambres d'amis, les levers à toute heure, les changements de toilette plusieurs fois dans la journée, les costumes de bain laissés mouillés sur les tapis, les draps ôtés tous les jours, les réceptions, les départs, les arrivées, les valises à faire et à défaire, les enfants déchaînés qui harcelaient le personnel harassé… Avec, au milieu de tout cela, une Mme de La Rousselaye, divine, dans ses toilettes de mousseline blanche qui, sous ses airs affables, accablait bonnes et femmes de chambre de caprices incessants.

Corentine ne lui rappela pas sa promesse – non tenue – de lui écrire. Elle aurait d'ailleurs été fort embarrassée de recevoir du courrier dans la villégiature normande. D'autant que le maître d'hôtel, curieux comme une chatte blanche, ne se serait pas gêné pour l'ouvrir.

— Vous venez ici souvent ?

— J'ai maintenant tous mes dimanches et, s'il ne pleut pas, oui. C'est tranquille. Sinon, je reste dans ma chambre.

— Vous n'allez jamais au théâtre ? Ou voir un spectacle de cabaret ?

— Vous n'y pensez pas, mons… pardon, Jules ! Sortir toute seule ?

— Vous avez raison, je suis idiot.

*

C'est ainsi que, véritablement, leur histoire commença. Simplement, naturellement. Le jeune homme la rejoignait au parc ou tous deux se retrouvaient dans un café, voire un théâtre.

Un jour, il lui demanda :

— Vous aimez danser ?

— Tous les Bretons aiment danser ! Mais je ne connais pas vos danses parisiennes.

— Alors, je vous emmène au bal Bullier. C'est ouvert le dimanche soir. Moi non plus, je ne danse pas bien. On se guidera l'un l'autre ! Ensuite, nous irons manger des huîtres à Montparnasse.

*

Jules tourna autour de Corentine pendant plus de six mois sans jamais émettre une proposition équivoque ou oser un geste déplacé. Jusqu'à un après-midi de mai, alors que le temps était frais mais beau et qu'ils avaient retrouvé le parc, le banyuls et l'orgue de barbarie. D'habitude assis l'un à côté de l'autre, le soupirant plaça cette fois sa chaise pour être bien en face de ma grand-mère et déclara :

— Voilà, Corentine, j'ai décidé de prendre un appartement. Non pas pour moi, mais pour nous. Corentine, je voudrais que nous vivions ensemble. Car, c'est très simple : je t'aime.

Il parlait calmement en prenant ses mains et en la tutoyant pour la première fois. Toute timidité l'avait quitté, il n'était habité que par une certitude : cette

femme, c'était la sienne, celle qui lui était destinée de toute éternité.

Elle était comme ivre, incapable de répondre des mots sensés.

— Habiter avec vous… mais c'est impossible… mon service chez mes patrons…

— Mais, Corentine, tu déraillles ! Je te demande en mariage, espèce de cruche, tu comprends en mariage, oui, en mariage !

Il criait presque et les promeneurs se retournaient, pensant à une scène de ménage. Elle posa son doigt sur ses lèvres pour lui intimer de baisser le ton.

— J'ai compris.

— Nous serons mariés dans deux mois et tu quitteras tes patrons. Es-tu d'accord ?

— Oui, dit-elle sans minauder, ses yeux bleus plantés dans les siens.

*

Le dimanche suivant, il lui apporta les papiers à signer pour la mairie du XIXe arrondissement. Tout était organisé. Le curé de Saint-Jean-Baptiste de Belleville, une église proche de la rue Delouvain où Jules avait pris un appartement, les attendait.

Une question taraudait pourtant Corentine. Elle revoyait dans le salon de l'hôtel de Vendres les Le Bris, elle si envahissante, lui si hautain. Alors elle se lança :

— Mais tu as averti tes parents ? Ils sont d'accord ?

— Tu penses bien que non ! C'est trop tôt pour les prévenir. Mais ils vont s'y faire. Ne t'en fais pas, tout se passera bien.

Jules n'avait pas raconté la vérité. S'il n'avait encore rien dit aux Le Bris – d'abord pour Corentine, qui aurait été chassée ignominieusement et immédiatement de l'hôtel de Vendres, alors qu'elle se refusait absolument à le rejoindre chez lui avant d'être mariée, ce qu'il ne lui avait pas demandé d'ailleurs – c'est qu'il savait que ceux-ci useraient de tous les moyens de rétorsion pour empêcher cette union et que mieux valait leur annoncer la nouvelle une fois les noces célébrées.

*

Une semaine avant la cérémonie, elle alla prévenir Mme de La Rousselaye qu'elle la quitterait le samedi suivant pour se marier.

— Vous viendrez me dire au revoir, Corentine, avant de partir. J'espère que vous épousez un brave garçon ?

— Oh oui, Madame, très gentil…

Si elle avait pu se douter !

Pour solde de tout compte, Corentine se vit offrir par Madame une petite somme d'argent et une très jolie toilette que la vicomtesse ne portait plus, en satin mat beige pâle taillée tout en biais avec une capeline à voilette et des gants en suède très fin.

Quand, pour saluer les domestiques, le samedi de son départ, elle apparut dans la cuisine ainsi habillée, elle fut accueillie par un silence stupéfait, puis les applaudissements crépitèrent. L'une des femmes de chambre résuma ce que chacun pensait tout bas :

— Tu as vraiment l'air d'une dame.

Corentine monta dans l'automobile que lui avait envoyée Jules. L'un des deux témoins, qu'il avait recrutés parmi ses collègues de travail à la banque où il était employé, préposé à l'escorter, lui ouvrit la porte solennellement. Sur le trottoir, les cuisinières et les bonnes fondaient en larmes.

Si l'émotion avait régné à l'office de la rue du Bac, elle n'était rien à côté de celle du jeune homme quand il vit sa future épouse descendre de voiture.

Cette journée fut, pour eux, comme un rêve éveillé. Et quand ils se retrouvèrent pour leur première nuit dans l'appartement de la rue Delouvain, tout fut simple et naturel. Corentine et Jules s'étaient trouvés et seule la mort pourrait les séparer.

L'OUVRIÈRE

I

La scène avait été d'une violence épouvantable. Le surlendemain du mariage, Jules Le Bris était allé déjeuner chez ses parents boulevard Malesherbes. Où, juste avant de passer à table, il avait tranquillement annoncé :

— Mon père, ma mère, je voulais vous dire que je me suis marié.

Mme Le Bris en avait laissé tomber son verre de porto, qui était allé se briser contre le marbre de la cheminée.

— C'est une plaisanterie, évidemment, mais elle n'est pas drôle. Je te signale que nous ne sommes pas le 1er avril, avait articulé froidement son père, qui voyait pourtant que son fils unique n'était pas d'humeur à la gaudriole.

— On peut savoir qui est l'heureuse élue ? grinça alors Mme Le Bris, ayant elle aussi saisi que « l'irréparable » était arrivé.

— Vous la connaissez, ma mère, elle s'appelle Corentine Sinou. Et elle était domestique chez les

La Rousselaye. Je l'ai rencontrée pendant mon séjour et j'en suis tombé amoureux.

Dans l'esprit de la Le Bris, il y avait donc pire que l'irréparable : la mésalliance totale. Furieuse, elle coassa littéralement :

— Quoi, quoi, quoi, une bonne des La Rousselaye ! Mon Dieu, mon Dieu, quel désastre ! Léon, notre fils nous a déshonorés, plus personne ne voudra nous recevoir !

Le Bris eut soudain une illumination.

— Je comprends ! gronda-t-il. Tu l'as mise enceinte et tu t'es cru obligé de réparer. Mon pauvre Jules, que tu es benêt.

Et s'adressant à son épouse :

— Tout ça n'est pas bien grave, ma bonne amie. Nous paierons la nourrice de ce gamin et nous assurerons une pension à sa mère. Un divorce rapidement mené ne grèvera pas l'avenir de Jules.

Revenant vers son fils, il ajouta :

— Mon enfant, tu avoueras qu'il était bien inutile de te fourrer dans un pareil guêpier. Tu serais venu me demander de t'aider, entre hommes nous aurions avisé sans donner du tracas à ta pauvre mère.

Souriant de sa trouvaille et satisfait d'avoir résolu le problème si rapidement, Le Bris conclut :

— Remettez-vous, ma chère, faites-moi confiance pour régler cette histoire au mieux et passons à table, le gigot va être trop cuit !

Mais Jules se redressa, pâle, déterminé, et fit définitivement vaciller puis se fracasser la bonne conscience d'un père bourgeois perclus de conventions et adepte de l'hypocrisie.

— Mon père, vous faites erreur. Corentine n'est pas enceinte. Nous nous sommes mariés samedi à la mairie du XIXe, puis religieusement à l'église Saint-Jean-Baptiste de Belleville. Il n'est absolument pas question de divorce. Je viendrai vous présenter ma femme dès que vous le souhaiterez.

Ce ne fut pas un hoquet, mais un rugissement qui retentit alors. Mme Le Bris sauta littéralement à la gorge de son fils et se mit à le taper avec une violence inouïe.

— Nous la présenter ! Nous la présenter ! Cette putain qui a mis le grappin sur toi ! Pour nous déshonorer ! Pour nous voler notre fils et notre argent ! Ah, elle a vu le bon filon, cette ordure !

Jules tenta de se protéger le visage des mains. C'est son père qui dut intervenir :

— Tu vois dans quel état ta conduite inadmissible met ta mère ? La chose est maintenant claire : tu as fait un choix qui n'aura jamais, je dis bien jamais, notre assentiment. Considère que la porte de cette maison t'est fermée. Par ailleurs, je vais donner des ordres : tu es rayé des cadres de notre banque, tu te débrouilleras comme tu voudras pour faire bouillir la marmite de ton ménage.

Et de prononcer le mot « ménage » avec un dédain ignoble.

— Si un jour tu reviens ici, c'est que tu auras réfléchi aux conséquences de tes actes. Nous serons là, ta mère et moi, pour te sortir du bourbier. Les annulations en cour de Rome ne sont pas faites pour les chiens, il suffit d'y mettre le prix. Au revoir, je ne te retiens pas.

Jules adressa un bref salut à son père, puis à sa mère et se dirigea vers la porte.

Dès qu'il fut parti, Léon Le Bris se tourna vers sa femme :

— Il ne faudra pas longtemps à cet imbécile pour revenir vers nous. Les feux de la passion ne durent pas bien longtemps. Notre garçon aura vite fait de se lasser d'une bonniche ! Pardieu, j'aimerais bien voir la tronche qu'elle a, cette bouseuse. Ma bonne amie, séchez vos larmes, revoir votre fils ne prendra que quelques semaines. Passons à table, décidément le gigot sera trop cuit.

— Odile, vous ôterez un couvert, lança-t-il vers la cuisine.

*

Jules Le Bris n'attendait pas une autre attitude de ses parents. Quand il avait quitté l'hôtel de Vendres l'année précédente, en juillet, proposer à Corentine de l'épouser était déjà dans sa tête. Mais il voulait deux choses. D'abord réfléchir calmement à ce qu'impliquerait pour lui la rupture inévitable avec les siens. D'où le mois de vacances en leur compagnie au lieu d'effectuer le voyage en Italie qu'il avait prévu avec deux camarades. Un mois, durant lequel il avait compris n'avoir plus rien de commun avec ces gens-là, mesquins, étriqués, sans humanité ni générosité. Ensuite, apprivoiser Corentine, ne pas la forcer, établir entre eux un lien d'égalité, s'assurer que l'aimer, lui, Jules, serait pour elle un choix de femme libre.

Il savait aussi que son père le renverrait de la banque Le Bris, mais qu'importe : il en avait plus qu'assez de se voir catalogué « fils du président », d'être celui qu'on jalousait, qu'on courtisait ou qu'on moquait dès qu'il avait le dos tourné. Prévoyant, il avait prospecté la concurrence sans préciser ses origines familiales, indiquant juste, avec un sourire si on lui en faisait la remarque, une simple homonymie. Et obtenu un poste. Il commençait, dès le lendemain, au siège d'un établissement concurrent du boulevard des Italiens.

Sur le trottoir du boulevard Malesherbes, l'air était délicieux et Jules eut une envie folle de danser de joie.

Sa femme l'attendait.

II

Dans sa nouvelle vie, Corentine savoura bientôt une chose absolument divine ignorée d'elle jusqu'alors : la grasse matinée. Le dimanche et le lundi, jour de congé de Jules, nos amoureux restaient au lit au moins jusqu'à 10 heures. Sous les draps, ils s'aimaient mais avaient aussi des conversations fort sérieuses puisqu'il y était souvent question... de politique.

Jules avait décidé de faire l'éducation de sa femme en ce domaine. En cette année 1913, on ne parlait que de la guerre avec l'Allemagne qui paraissait quasiment inévitable. L'élection à l'Élysée de Raymond Poincaré, en janvier précédent, avait entamé un débat politique enflammé sur les efforts que devait consentir la France en matière de défense. Les présidents du Conseil se succédaient – pas moins de trois en cette année 1913 – et au radical-socialiste Aristide Briand avait succédé le modéré Louis Barthou au mois de mars. Celui-ci avait fait de la nouvelle loi sur le service militaire le cœur de son programme. Quand le radical Gaston Doumergue l'avait remplacé en décembre, il n'avait pas remis en cause la

réforme, autrement dit cette fameuse loi des trois ans qui appelait la classe 1910 dans les casernes un an avant le calendrier prévu et incorporait les jeunes concernés dès l'âge de dix-neuf ans. Avec des crédits militaires représentant 20 % de la dépense publique, la République était bel et bien sur le pied de guerre pour attendre les Boches dans un contexte d'incidents de frontière entre soldats allemands et français qui se multipliaient. Pour autant, la loi qui portait le service militaire à trois ans au lieu de deux était loin de faire l'unanimité.

Jules appartenait aux radicaux modérés qui soutenaient les thèses de réarmement défendues par Clemenceau dans son journal, *L'Homme libre*. Aussi s'était-il réjoui lorsque le président de la République avait reçu à l'Élysée le Vendéen, croyant même un moment que ce dernier serait nommé président du Conseil. En vain, évidemment. Pas populiste béat, il vilipendait par ailleurs la SFIO et Jaurès qui prônaient le désarmement général, et fut même indigné par le discours antimilitariste que le tribun socialiste prononça au Pré-Saint-Gervais le 25 mai devant 150 000 personnes, chiffre avancé par son journal *L'Humanité*, discours qu'il réitéra quelques semaines plus tard à l'Assemblée nationale. La situation, à vrai dire, dégénérait et les esprits s'échauffaient. Dans les casernes, l'ambiance devint vite épouvantable, des mutineries éclataient, les soldats chantaient l'*Internationale*. Le gouvernement avait bien du mal à rétablir l'ordre.

Lovée contre lui, Corentine écoutait son mari avec une attention extrême. Certes, elle ne mettait

absolument pas en doute la pertinence de ses opinions et ne se sentait pas en mesure de les contester, mais une chose la tracassait au plus haut point. Un jour, elle osa poser la question.

— De toute façon, toi, tu as fait ton service militaire ? Si nous avons la guerre, tu ne seras pas soldat ?

— Mais si, ma chérie. La France aura besoin de tout le monde, et de ses réservistes en particulier. Tu te rends compte, avec la loi des trois ans, nous portons le nombre de nos soldats à 750 000 alors que l'Allemagne en a 850 000 ! Tiens, je vais te montrer quelque chose…

Il sauta du lit, ouvrit le tiroir d'un petit bureau et revint avec un carnet rectangulaire.

— Tu vois, c'est mon livret militaire. À l'intérieur, j'ai mon fascicule de mobilisation. Tout est marqué dedans. Si la guerre éclate, l'ordre de mobilisation générale sera affiché. Regarde, les renseignements sont très clairs. Je me rendrai huit jours après l'ordre de mobilisation à la gare de l'Est pour rejoindre mon régiment, le 104e d'infanterie basé à Argentan. La mobilisation se fait de manière échelonnée. Mais tu n'as aucun souci à te faire : cette guerre ne durera pas très longtemps. N'espère pas te débarrasser de moi !

Tandis que Jules riait, Corentine était glacée. « Tu n'as aucun souci à te faire ? » Comment ça, aucun souci ? Au contraire, elle se faisait un sang d'encre. Elle se rappelait les souffrances terribles vécues et racontées par ses grands-pères pendant la guerre de 70, l'inhumanité des officiers et des politiques qui envoyaient de pauvres types se faire tuer comme s'ils

n'étaient que du bétail mené à l'abattoir. Un sang d'encre.

*

Quand plus tard, elle repensa à cette année 1913, elle la vit comme une marche, les yeux fermés, conduisant inéluctablement au désastre.

À la fin de 1913, des incidents à Saverne et des provocations et insultes proférées par le sous-lieutenant et baron allemand Günter von Forstner à l'encontre de la population lorraine suscitèrent l'indignation dans le pays. Les peuples européens roulaient vers la guerre comme dans un train fou lancé à grande vitesse. Si les élections législatives de fin avril avaient amené la victoire de la gauche dénonçant la folie des armements et ressemblant à une dernière tentative – sans espoir – de serrer les freins, la catastrophe approchait chaque jour plus vite. Sans que quiconque en voie ni devine l'ampleur phénoménale. Le 20 mai 1914, le général allemand Moltke lança les préparatifs de guerre contre la France et la Russie. Le 28 juin suivant, l'archiduc François-Ferdinand et son épouse Sophie furent assassinés à Sarajevo. Alors tout s'embrasa. Les ultimatums, les déclarations de guerre, les ordres de mobilisation générale se succédèrent en Serbie, en Russie, en Autriche-Hongrie, en Belgique. Le 31 juillet 1914, l'assassinat de Jean Jaurès éteignit la dernière lueur pacifiste.

La France était prête à la déflagration. Jules Le Bris aussi.

*

Le lendemain de l'assassinat de Jaurès, à 16 heures, le tocsin retentit. Les coups pressés des cloches sonnaient l'urgence et le désastre. Les affiches appelant à la mobilisation générale furent placardées partout.

La nuit du 7 août fut leur dernière nuit. Le matin du 8, Jules s'en alla dès 8 heures vers la gare de l'Est rejoindre ses camarades du 104e régiment d'infanterie, partis deux jours auparavant d'Argentan, avec les trois jours de vivres demandés dans son ordre de mobilisation. Corentine avait voulu l'accompagner, mais très vite, aux abords de la gare, la foule avait été si dense qu'elle avait dû rebrousser chemin.

Ils ne s'embrassèrent pas, bien trop pudiques pour oser de telles démonstrations en public. Mais s'étreignirent avec une force incroyable avant qu'il s'éloigne vers son wagon. Au moment où il allait se ranger dans l'une des longues files d'appelés en attente de se faire enregistrer, ma grand-mère cria :

— Jules !

Il se retourna.

— Jules… J'attends un enfant.

Ils se sourirent.

Ce fut le dernier regard qu'ils échangèrent.

III

Corentine regagna l'appartement de la rue Delouvain comme une somnambule. Sur la table de la salle à manger, le petit déjeuner était encore dressé. Elle regardait les napperons brodés, la fine porcelaine, l'argenterie, et ne se résolvait pas à débarrasser. Dès son emménagement, elle avait voulu que Jules trouve tous les raffinements habituels d'une maison de grande bourgeoisie et s'était évertuée à reproduire les manières observées avec tant d'attention chez les La Rousselaye. Quand il rentrait de la banque, la table était dressée avec des chandeliers, des fleurs, du linge changé à chaque repas, des mets raffinés. Les mêmes subtilités se retrouvaient dans le cabinet de toilette avec les jolies serviettes et les savonnettes parfumées. Elle avait voulu aussi des draps brodés dans la chambre à coucher. Bien entendu, Jules lui donnait quasiment toute sa paie, mais son poste de chef de bureau ne permettait guère de telles dépenses. Pour faire face, elle avait largement puisé dans son pécule, tant elle ne se sortait pas d'un sentiment de culpabilité, culpabilité d'avoir privé son mari de son

mode de vie coutumier. Un soir, elle avait d'ailleurs évoqué la responsabilité qui la rongeait et ce fut la seule fois où elle le vit en colère :

— Corentine, ne me redis jamais une pareille ânerie. L'incident est clos, mais si tu répètes ça, je me fâche pour de bon.

En partant, il lui avait laissé son dernier salaire. Et donné les ordres nécessaires à sa banque pour que Corentine ait accès à son compte d'épargne chichement garni.

— Tu n'as pas à t'inquiéter, ma chérie, avant trois mois, je serai de retour et je reprendrai mon poste. Le directeur m'a promis une promotion. Nous ferons un voyage… et puis nous prendrons un appartement plus grand… et puis tu auras une domestique…

Il avait parlé, parlé et entonné le même refrain : « Tu n'as pas à t'inquiéter. »

Ce jour-là, Corentine fit et refit les comptes dans sa tête. En se restreignant sur tout, elle tiendrait sans problème jusqu'à la fin octobre. Tu n'as pas à t'inquiéter, tu n'as pas à t'inquiéter.

*

Le mois d'août ne fut pas du tout ce qu'avaient annoncé le gouvernement et les généraux en chef, à savoir une guerre rapide, fraîche et joyeuse. Les nouvelles du front étaient terrifiantes, les Allemands avançaient vers Paris à grande vitesse et les troupes françaises, complètement dépassées, enchaînaient les

revers. Le 8 août, elles prenaient Mulhouse mais la reperdaient deux jours plus tard. Le commandement militaire lançait le 11 une bataille le long des frontières avec la Belgique et l'Allemagne, offensive qui échoua piteusement, de même qu'échouera celle en Lorraine. Le 20 août, l'armée française fut défaite à Morhange et, le 22[1], 20 543 soldats furent tués. Le 23, nouvelle débâcle à Charleroi cette fois, les troupes du Kaiser gagnaient dans les Ardennes ainsi que sur le front de l'Est. Le lendemain, une maigre consolation fut enregistrée : la bonne tenue de nos hommes à la bataille de la Trouée des Charmes, hélas dans une simple posture défensive.

Corentine suivait, angoissée, les événements dans le journal qu'elle courait acheter aux premières heures. Elle passait quasiment sa matinée à le décortiquer, elle qui lisait toujours avec un peu de difficulté. En ce début septembre, un mois après le départ de Jules au front, elle n'avait reçu de lui aucune nouvelle, tentait d'imaginer où il pouvait être, comment il vivait et surtout s'il vivait. On savait que les troupes franco-britanniques avaient franchi la Marne et s'apprêtaient à mener une bataille décisive sous la conduite du général Joffre. La peur broyait tout. L'ambiance à Paris était épouvantable, les gares encombrées par les mobilisés qui continuaient de monter au front, et par les Parisiens qui fuyaient par milliers tandis que les réfugiés, chassés par l'invasion de la Belgique, arrivaient,

1. C'est la deuxième journée la plus meurtrière de la guerre 14-18, la première s'étant déroulée le 25 septembre 1915 : elle compta 22 591 morts.

eux, sur des charrettes de fortune. Le 2 septembre, l'annonce que le commandement de Paris était confié au général Gallieni et que le gouvernement quittait Paris pour Bordeaux fut un coup de massue. Bientôt on entendit tonner le canon : les Allemands entraient dans Senlis à 50 kilomètres de Paris.

Le 6 septembre commençait la bataille de la Marne.

IV

Le 8 août, le départ de la gare de l'Est vers Verdun s'était effectué dans l'enthousiasme pour le 104e régiment d'infanterie. Les bouteilles de vin et de calvados avaient circulé dans les wagons et les soldats avaient repris en chœur les chansons à boire et les hymnes patriotiques. Tout au long de la voie ferrée, les gens applaudissaient et leur tendaient des bouteilles et de la nourriture. Jules, après un bref moment de nostalgie, s'était mis dans l'ambiance, d'autant qu'il avait retrouvé une connaissance qui servait dans le même bataillon. Forcément, tout allait bien se passer. Il n'y a pas à s'inquiéter, il n'y a pas à s'inquiéter.

On débarqua en gare de Verdun en bon ordre et le régiment, sous les ordres du colonel Drouot, ne tarda pas à se mettre en route vers la frontière belge distante d'une soixantaine de kilomètres. Ce n'était pas une marche forcée et les hommes, dont le commandement voulait épargner la fraîcheur physique, avançaient par étapes ne dépassant pas 10 à 12 kilomètres quotidiens. Pour un peu, Jules aurait

pensé à une excursion n'eût été le poids épouvantable du barda et des armes qu'il fallait porter et le flux ininterrompu de gens qui fuyaient les zones de combat et descendaient la route en sens inverse, ralentissant l'avancée des soldats.

Ceux-ci remontèrent par Belleville, Maucourt, Grémilly où ils creusèrent les premières tranchées. Le régiment fut chargé, le 19 août, de défendre la zone entre Grand-Failly et Rupt-sur-Othain. Les choses sérieuses commencèrent le 21 ; la frontière belge se trouvant à quelques kilomètres, le contact avec les Allemands ne pouvait plus tarder. La frontière fut franchie entre La Malmaison et Grancourt. C'était impalpable mais les hommes savaient les Boches pas loin.

*

Le régiment de Jules marche à l'avant de la 7e division quand, soudain, la cavalerie entre brièvement en contact, mais sans vraiment combattre, comme s'il s'agissait de se renifler, de faire connaissance. Les bataillons se dirigent vers le village de Ruette et les hommes du premier bataillon, celui du mari de Corentine, se portent à la lisière ouest, tandis que l'ensemble du régiment encercle le village. L'ennemi refuse le combat et abandonne les lieux au moment où le premier bataillon débouche des bois.

Le 22 août, à 4 h 30, Jules et ses camarades quittent Ruette. Chacun sait que les tergiversations sont terminées et l'affrontement pour aujourd'hui.

La bataille d'Ethe est commencée. Il convient de traverser le bourg rapidement pour aller se positionner sur les collines boisées dont on sait, par la cavalerie, qu'elles ne sont pas occupées. Le fond de la vallée est enveloppé de brouillard, mais à 7 heures, comme on lève le rideau d'un théâtre, Jules découvre le champ de bataille, tandis que les balles sifflent vers lui en provenance des hauteurs qu'ils n'ont pu atteindre. Les tirs sont de plus en plus drus, autour de lui, ses camarades tombent par dizaines et, pour la première fois, Jules pense l'impensable : il va mourir. Ce ne sera pas pour cette fois...

Aux balles des fusils se sont jointes celles des mitrailleuses, le canon tonne, le bruit est assourdissant. Il faut reculer, certains se tapissent dans le lit de la rivière, d'autres se réfugient dans le château. Quant au bataillon de Jules, il s'est ressaisi et débouche dans Ethe. Mais c'est pour contempler la boucherie épouvantable des cadavres des cavaliers et des chevaux du 14e hussards qui jonchent le sol.

Malgré des sacrifices humains insensés, Ethe doit être abandonnée ; à 20 heures, le repli est ordonné. Si Jules et ses camarades se sont mis à couvert dans les bois, le déluge de feu continue jusqu'au matin du 23.

Débute alors la retraite dite de Charleroi. Les troupes montées joyeusement vers la Belgique refont le chemin en sens inverse. Jules est anéanti de fatigue. Et de chagrin. L'ami qu'il avait retrouvé dans le train a été littéralement décapité par une salve de mitrailleuse. Lui-même n'a échappé à la mort

que protégé d'un tir de fusil par le corps d'un soldat tombé sur lui.

Tout en reculant, le 104e reçoit l'ordre de protéger la gauche du 5e corps d'armée et rejoint la ferme de la Malandrerie au nord de Marville. Les hommes ont creusé des tranchées à la hâte, durement canonnées par les Allemands. Il faut continuer de se replier, aller vers Remoiville et rester impassibles sous le bombardement des obusiers lourds de l'ennemi.

Nous sommes le 25 août et Jules a le sentiment d'être tombé dans un chaudron diabolique de bruit, de fureur et de sang. Reculer, reculer toujours. Non, toutefois : le 28 août, après avoir bivouaqué à Bréheville, le régiment part dans la nuit vers Beauclair et prend position sur la Meuse pour empêcher l'ennemi de la franchir au nord de Stenay. Son bataillon s'installe sur la rive gauche du fleuve, juste devant les ponts détruits de Stenay, et s'oppose à tout franchissement de la rivière par les uhlans. Les combats sont féroces, les hommes tombent. Les Allemands se retirent à 21 heures, mais on y voit comme en plein jour car ils partent en incendiant le village. Après une courte nuit sous la protection du couvert des bois, le régiment est réuni. Et se replie pour cantonner à Rémonville. Jules regarde ses camarades défigurés par l'épuisement, les chagrins et la peur. Presque tous sont couverts de sang, de boue, certains sont devenus sourds par l'effet des canonnages. Il se dit qu'il doit avoir le même aspect pitoyable. Surtout, ce qui plonge Jules dans l'effroi, c'est le sentiment de ne rien comprendre à

la stratégie qui se déploie. Il doit y avoir, à Paris, des grands personnages qui tracent des lignes et des flèches sur des cartes, mais lui, Jules Le Bris, soldat du 104e, a l'impression d'être l'un des soldats de plomb qu'un enfant fou bougerait sans but dans une salle de jeux.

Jusqu'au 1er septembre, la retraite se poursuit sur le même rythme démentiel : lever à 4 h 30, opérations d'attaque sans grande réussite, et la retraite piteuse qui continue, continue : Sommerance, Vienne-le-Château. Le 3 septembre, entrée à Sainte-Menehould. Jules, hébété, monte dans le train qui part vers Pantin. Là-bas, ce sont des fantômes qui descendront des wagons bondés.

Le régiment se dirige à pied vers Gagny où il va cantonner deux jours. Le 6, stupéfaits, Jules et ses camarades voient arriver des autos-taxis parisiens ; sans attendre, ils s'entassent dans les voitures. Que le haut commandement va jeter dans l'enfer de la bataille de la Marne.

*

Oui, c'est l'enfer, pense Jules. Mais derrière, à moins de 15 kilomètres, c'est Paris, c'est Corentine et, décidément, on ne peut plus reculer.

Le 104e est débarqué par les taxis à Silly-le-Long, le 8 septembre 1914. Il fait face à l'armée von Kluck. Le régiment avance, avance, le 10 à Nanteuil, le 11 à Roy Saint-Nicolas, le 12, Chelles, le 13, c'est le passage de l'Aisne. Le 14 et le 15, la bataille fait rage en vue de Carlepont. Le 16, les Boches déboulent

de Pontoise, Jules et ses copains se retrouvent cernés dans la ferme de Mériquin et se défendent avec l'énergie du désespoir contre des forces quatre fois supérieures en nombre. Les Français sont obligés de battre en retraite, laissant cadavres et blessés sur le terrain pour rejoindre l'ensemble du régiment qui s'est mis en réserve dans les bois d'Offémont. Direction Compiègne, puis franchissement de l'Oise et marche sur Gournay avant de repartir, le 21, en direction du nord.

L'enfer continue comme une marche funèbre dont chacun connaît la fin inéluctable. Le bataillon de Jules est dirigé le 26 septembre vers Roiglise. Où trois lignes de tranchées sont construites. Tout le 104e est là, sous les ordres du chef de bataillon Henry. L'attaque des Allemands est violente sur Roiglise et le village voisin de Margy-aux-Cerises. Ce dernier voit lâcher la défense assurée par le 102e. Jules se trouve alors pris à revers par un feu violent d'artillerie partant de l'ouest de Margy.

Un tir de mitrailleuse le fauche en pleine face. Il est détruit de douleur, son thorax et ses jambes atteints. Il se passe au moins deux heures avant que deux brancardiers le mettent – sans ménagement – sur une civière pour le transporter vers Berny-Rivière et la ferme de Confrécourt, qui sert d'hôpital de campagne. Le trajet dans l'ambulance remplie de blessés couchés les uns sur les autres, abominablement touchés, est un golgotha. Certains n'ont plus de visage. Les gars se débattent, hurlent, appellent leur mère, leur femme, quelques-uns prient. En arrivant

à Confrécourt, Jules n'a plus que quelques minutes à vivre.

Jules Le Bris, le mari de Corentine, meurt pour la France, le 26 septembre 1914. Il a vingt-six ans.

V

Il était 10 heures en ce 29 septembre. La sonnette retentit à la porte de l'appartement de la rue Delouvain.

Corentine ouvrit et reconnut immédiatement les deux hommes habillés de noir qui lui faisaient face. C'était le maire du XIXe arrondissement et le secrétaire de mairie qui les avaient mariés, Jules et elle, l'année précédente.

Elle sut.

Ils prononcèrent les phrases rituelles et les condoléances qui s'imposaient.

Le maire annonça qu'elle pouvait être fière d'être la femme d'un soldat qui avait donné sa vie pour la patrie. Corentine pensa qu'il n'avait rien « donné », mais que cette vie, on la lui avait prise, à lui et à elle.

Le secrétaire de mairie lui indiqua avec solennité :

— Vous avez de la chance. Le corps de votre mari a été transporté dans une chapelle ardente. Nous vous indiquerons le moyen de vous y rendre aujourd'hui.

C'est cela, elle avait oublié, Corentine : elle avait « de la chance ».

À 14 heures, une voiture vint la chercher. Deux autres femmes se trouvaient dans le véhicule. Elles se saluèrent mais restèrent silencieuses pendant le trajet qui dura une petite heure. Elles arrivèrent dans ce qui semblait être une ancienne caserne, à moins que ce ne soit une école ou une usine ; une grande salle contenait plusieurs centaines de cercueils ; des soldats montaient la garde.

Corentine eut beau arpenter et arpenter les allées : il n'y avait le nom de Jules Le Bris nulle part. Un autel était dressé et des prêtres là, réconfortant les familles, les exhortant à prier avec eux. Elle revint vers un officier, assis à une table, qui feuilletait des registres pour répondre aux interrogations.

— Jules Le Bris du 104e RI ? Je cherche. Oui, oui, c'est bien ça, ah non, madame, il n'est plus là. Je suis désolé. On vous a fait venir pour rien.

Il n'osa pas lui dire qu'il fallait faire de la place, et que, de toute façon, les noms sur les cercueils étaient mis n'importe comment, que certains contenaient plusieurs corps, qu'on les vidait et qu'on se hâtait d'enterrer les morts à même le sol. Sur le champ de bataille, la terre était gorgée de cadavres. Il lui expliqua que des sépultures seraient organisées, mais plus tard, que, bien entendu, on lui indiquerait où serait enterré son mari. En fait, Corentine ne sut jamais où l'on avait mis les pauvres restes de Jules et ne chercha pas à le savoir.

Ma grand-mère repartit, raide comme une statue de sel. Le planton qui gardait l'entrée était en train de manger des haricots dans un récipient métallique.

Lorsqu'il la vit, incarnation de la douleur absolue, sans rémission, sans consolation, il chercha ce qu'il pourrait bien dire ou faire. Il ne trouva rien d'autre que de lui tendre sa gamelle :

— Tiens, t'en veux ?

Elle refusa en le remerciant sans sourire, le regard vide.

Les trois femmes s'en allèrent. On déposa Corentine rue Delouvain. Elles échangèrent à nouveau un bref signe de tête. La veuve de Jules Le Bris resta pendant trois jours assise sur un fauteuil ; de temps en temps, le sommeil la gagnait, mais quand elle se réveillait, la douleur était insupportable.

Il fallait qu'elle s'en sorte, il le fallait pour elle, pour l'enfant de Jules. Alors elle s'habilla et partit boulevard Malesherbes.

Une jeune bonne vint lui ouvrir :

— Je viens voir M. ou Mme Le Bris.

— Qui dois-je annoncer ?

— Mme Jules Le Bris, l'épouse de leur fils.

La jeune fille, éberluée, revint au bout de quelques minutes :

— Madame et Monsieur ne souhaitent pas vous recevoir.

— Bien. Allez leur dire que je viens leur apprendre la mort de leur fils. Il a été tué le 26 septembre.

Elle n'attendit pas de réponse, se dirigea vers la porte, la referma et commença à descendre les escaliers. Elle avait fait son devoir. La domestique la rattrapa à mi-étage :

— Madame, Madame, ils vous attendent.

Elle l'introduisit dans le salon. Corentine attendit un mot de compassion qui ne vint pas. Ils étaient tous les trois, pâles comme des spectres, incapables de communiquer leur chagrin et de pleurer ensemble. On ne proposa pas à Corentine de s'asseoir. M. Le Bris, au bout de plusieurs minutes, articula, la voix blanche :

— Ma femme et moi nous vous remercions d'avoir pris la peine de nous prévenir. Vous savez où notre fils est enterré ?

On eût dit qu'il s'adressait à un banal commissionnaire.

Corentine indiqua brièvement le résultat de son déplacement et qu'elle s'engageait à leur communiquer tous les renseignements qui seraient portés à sa connaissance.

Le temps n'était pas venu de leur apprendre sa grossesse et encore moins de leur demander de l'aide. Un bref signe de tête et elle tourna les talons. La bonne la raccompagna, le visage ravagé de larmes :

— Je l'aimais bien, votre mari. Il était drôlement gentil.

— Oui, il était drôlement gentil, mon mari…

Corentine la serra dans ses bras. Au fond, cette gamine, c'était sa vraie famille. Et la mort de Jules l'avait remise à sa place : dans le camp des miséreux.

VI

Elle resta cloîtrée pratiquement tout le mois d'octobre dans l'appartement de la rue Delouvain. Apprendre le décès de son frère Jean-Alain, lui aussi mort pour la France en septembre, avait accru son anéantissement. Un matin, une véritable tornade fit irruption. C'était Marie-Jeanne. Son Marcel avait été tué dès les premiers jours de la bataille de la Marne. Corentine fut confuse en songeant qu'elle ne lui avait pas même rendu une visite de condoléances. Elle commença à lui présenter des excuses, lorsque Marie-Jeanne l'interrompit vivement :

— Ma belle, nous ne sommes pas là pour nous faire des politesses. Les manières de bourgeoises, c'est fini. Maintenant, il faut penser à l'avenir.

Son œil acéré avait remarqué la taille épaissie de Corentine.

— Et pas de bol, tu es enceinte, évidemment ! Raison de plus pour aviser.

Corentine fut entraînée dans ce déluge verbal, mais assez lucide aussi pour savoir que Marie-Jeanne avait raison et qu'elle ne pouvait pas se cloîtrer dans

cet état de quasi-hébétude. Elle avait fait et refait les comptes, elle avait de l'argent pour tenir cinq à six semaines en ne s'autorisant aucun écart. Trouver du travail devenait urgent. Une mission pratiquement impossible à Paris, les riches familles s'étant repliées dans leurs propriétés à la campagne. Et, il faut bien l'avouer, Corentine ne se sentait pas le courage de revenir à son ancien état de domestique. Ouvrière, c'est ce qu'il lui fallait. Il lui faudrait donc déménager, car son loyer était beaucoup trop cher. Mais où trouver du travail ? Dans quelques semaines sa grossesse serait visible et personne ne l'embaucherait.

Elle racontait tout cela, épuisée de lassitude et de désespoir, et ne voyait nulle solution. Avec brusquerie, Marie-Jeanne reprit les choses en mains :

— Première chose, il te faut donner ton congé à ton proprio pour fin novembre. Je viendrai t'aider à tout mettre dans les caisses et j'ai une remise dans mon jardin où on pourra les entreposer. De toute façon, rester à Paris, c'est trop dangereux. Ensuite, il faut choisir où tu vas t'installer. Nous avons de la famille à Nantes, tu te souviens, les Le Goff ? Et là-bas, il y a plein d'usines. Ils accepteront certainement de t'héberger quelques jours, le temps de te procurer un logement.

— Mais, articula péniblement Corentine, je n'ai quasiment plus d'argent et je serai enceinte de cinq mois : impossible de trouver du travail dans cet état.

— Dis donc, de l'argent, les Le Bris peuvent t'en donner ! C'est quand même la moindre des choses de leur part.

Corentine s'était dressée, toute blanche :

— Aller mendier chez ces gens-là, je ne veux pas. Si tu avais vu comment ils m'ont traitée quand je suis allée leur annoncer la mort de Jules...

— Alors ça, ma petite, c'est le passé. Tu n'as plus les moyens de faire la fière et tu ne leur demanderas que ton dû. Tu crois que ton homme ne pense pas comme moi du haut du ciel ? Dès demain, je t'accompagne chez eux. Y seront quand même bien obligés de t'aider, ces salopards.

*

Le lendemain, les deux femmes sonnaient boulevard Malesherbes. Corentine avait saisi le prétexte de l'engagement pris de donner des renseignements sur la sépulture de Jules pour justifier sa visite auprès de la bonne, qui les annonça. Elle ne put que confirmer que, hélas, rien ne lui était parvenu. Mais, alors que les Le Bris se levaient pour leur donner le signal du départ, Marie-Jeanne prit la parole de façon tonitruante :

— C'est pas tout ça, msieu-dame ! Vous croyez qu'elle va vivre comment, vot' belle-fille ? Et votre futur petit-enfant ? Elle est trop fière pour vous le dire, mais elle n'a plus un sou.

Corentine se raffermit :

— Évidemment, ce serait un prêt que je vous rembourserai dès que j'aurai trouvé du travail après la naissance de mon bébé.

Marie-Jeanne la coupa, furibarde :

— Un prêt ? Comment ça, un prêt ? Mais ces gens-là ont le devoir, je dis bien le devoir, de subvenir aux besoins de la veuve de leur fils.

Elle continua :

— Elle est, de plus, l'héritière de votre fils. Il a fait un testament en sa faveur et nous savons qu'il a des biens en propre. Il faudra bien régler la succession.

Là, Marie-Jeanne s'était avancée car elle n'en savait rien, mais elle avait tapé juste.

Léon Le Bris se lança alors dans des explications fumeuses sur le fait que la succession de leur fils ne pourrait être réglée avant la fin de la guerre, qu'une loi de moratoire s'y opposait. Les deux femmes étaient bien incapables de lui porter la contradiction. Pendant qu'il s'époumonait dans cette justification indécente de leur rapacité, son épouse s'était absentée. Elle revint quelques minutes après et tendit une enveloppe à Corentine d'un air condescendant :

— Tenez, ma fille, en souvenir de notre pauvre fils, il ne sera pas dit que notre générosité sera prise en défaut.

Corentine avait rétorqué avant de tourner les talons :

— Merci, ma mère.

La tronche de ses « beaux-parents » devant ce qualificatif fut une douce vengeance et l'on se quitta sans vaines formules de politesse.

*

Sur le trottoir, Marie-Jeanne jubilait :

— Non, mais comment tu les as mouchés ! Tu aurais dû voir sa gueule à la vioque, pardon, à ta belle-mère, Votre Majesté ! Ouvre vite l'enveloppe…

Il y avait 1 000 francs. Un peu plus qu'une aumône.

— Mais ils se foutent de toi, ces chiens. Allez, on remonte.

Corentine n'en pouvait plus et refusa :

— Cette fois, ça suffit. Je ne veux plus les revoir. Avec 1 000 francs, je peux voir venir, payer le voyage à Nantes, une chambre et attendre tranquillement la naissance du petit. Tu es mignonne, Marie-Jeanne, sans ton aide, je n'aurais jamais eu le courage. C'est grâce à toi que j'ai ces sous, je ne l'oublierai jamais.

Les deux femmes s'étreignirent en s'autorisant à pleurer pour la première fois depuis leurs retrouvaillcs.

VII

Le temps avait filé à toute vitesse depuis la confrontation avec les Le Bris. Il avait fallu faire des démarches, réunir des certificats, des attestations à n'en plus finir tant auprès des autorités civiles que militaires. Toute l'administration était désorganisée par la mobilisation et les mouvements de population, on devait revenir dix fois et attendre plusieurs heures pour obtenir le moindre papier.

Corentine s'était résolue à vendre pratiquement tous ses meubles et à ne garder pour elle que des vêtements, du linge, de la vaisselle, quelques bibelots et les livres avec lesquels Jules lui avait appris à lire. Tout cela tenait dans trois malles que Marie-Jeanne lui enverrait dès qu'elle se serait installée. Outre que cette vente lui avait rapporté un peu d'argent, elle savait qu'elle allait vers une existence où son cadre de vie parisien n'aurait plus sa place.

Elles étaient parties pour Nantes au début de décembre dans un froid glacial. Il y avait plusieurs semaines que Corentine sentait son bébé bouger dans

son ventre et sur le quai de la gare de Paris-Orléans[1] – était-ce l'effet du tintamarre qui régnait – il dansait une véritable sarabande. Marie-Jeanne avait tenu à accompagner son amie pour le voyage et apporté un solide panier de victuailles, qu'elle ouvrit dès qu'elle se fut assise dans le wagon. Le chemin de fer, c'est connu, ça ouvre l'appétit. Les deux femmes avaient pris des places en seconde pour être un peu plus confortables et se rappelaient en souriant l'équipée qui les avait amenées à Paris. Le train démarra, Corentine et Marie-Jeanne repartaient vers cette Bretagne qu'elles avaient quittée, croyaient-elles définitivement, en 1902.

*

À leur arrivée à Nantes, le cousin Le Goff, ouvrier dans les Forges, les attendait sur le quai avec une charrette pour les bagages. Il avait fallu marcher un grand moment pour rejoindre sa petite maison ouvrière située dans le quartier de Doulon, où elles avaient été accueillies chaleureusement par ce couple quinquagénaire qui avait perdu un fils au chemin des Dames[2] dans l'offensive de l'Aisne.

Le souper fut modeste. On coucha les deux femmes dans le même lit, dans la chambre du soldat que ses parents ne reverraient jamais plus.

1. Aujourd'hui, gare d'Austerlitz. C'est de cette gare que partaient les trains vers Nantes, puis vers Saint-Nazaire.

2. Il y eut plusieurs batailles au chemin des Dames, la plus célèbre étant celle qui se déroula d'avril à juin 1917 où 200 000 Français trouvèrent la mort. La première se déroula du 13 au 15 septembre 1914.

Marie-Jeanne ne devait rester que quelques jours, mais elle avait pratiquement réglé tout le nécessaire en un tournemain, déniché, à l'arrière du quai de la Fosse, une chambre munie d'un coin toilette où l'on pouvait faire un peu de cuisine, pris contact à proximité avec une « bonne femme » qui accepterait de garder l'enfant, s'était renseignée sur les modalités du pont transbordeur permettant de rejoindre les usines sur l'autre rive de la Loire, avait repéré la maternité de l'Hôtel-Dieu chaussée de la Madeleine et même calculé le temps nécessaire à Corentine pour s'y rendre ! Marie-Jeanne, une tornade d'une redoutable efficacité…

À son départ, Corentine la raccompagna à la gare. Marie-Jeanne l'assura d'un prompt envoi des affaires que son amie avait entreposées dans sa remise. Elles s'embrassèrent, les larmes aux yeux.

*

Les Le Goff avaient beaucoup insisté pour que Corentine s'installât chez eux. Mais, outre que c'était trop loin de l'usine où elle comptait trouver du travail, elle voulait habiter dans un coin à elle seule, où elle disposerait les souvenirs de Jules, où elle renouerait avec la douceur des draps dans lesquels ils avaient passé leurs nuits, où elle préparerait la naissance de leur enfant. Elle accepta en revanche bien volontiers de passer Noël chez ses cousins. Rapidement, dans le logis déniché par Marie-Jeanne, M. Le Goff, aidé d'un ami, déposa ses malles et, quelques jours après, elle s'installait chez elle où la menèrent cinq étages d'un escalier passablement de guingois. Le mobilier

du meublé était vétuste mais convenable, il y avait même un paravent pour cacher le coin toilette. De sa fenêtre, elle voyait le port, les usines et le pont transbordeur. Le ciel était gris, il faisait froid. Elle s'allongea tout habillée sur le lit et s'endormit comme un rameur harassé au fond d'une barque.

Plus que trois mois à attendre.

VIII

Dans l'immense salle de la maternité de l'Hôtel-Dieu, où régnait une forte odeur d'urine, de merde et d'antiseptique, une soixantaine de femmes étaient couchées dans des lits étroits. Des religieuses passaient, affairées, dans les allées, pour apporter les nouveau-nés à leurs mères afin qu'elles les allaitent. Corentine était reléguée dans un coin avec les femmes qui ne nourrissaient pas leur bébé. Quand Juliette était née, elle avait calmement indiqué qu'elle ne voulait pas la mettre au sein, ce qui lui avait valu une visite pressante de la Bonne Mère, la supérieure, qui avait tenté de la faire revenir sur sa décision.

— Mon mari a été tué, ma mère. Il faut que je travaille. D'ailleurs, je compte bien commencer aux Chantiers navals dans deux semaines.

La religieuse avait fini par se rendre à cette explication imparable. Pour faire « passer son lait », deux novices bandaient fortement la poitrine de la jeune mère avec des linges qu'elles changeaient deux fois par jour. On aurait dit qu'elles prenaient plaisir à la brutaliser, comme si elle avait commis une faute

inexpiable. De la même façon, la chef-infirmière, tous les matins, lui appuyait violemment sur le ventre en expliquant qu'il fallait la « purger ». Le lendemain de son accouchement, alors qu'elle se livrait à cette manœuvre cauchemardesque pour la première fois, elle avait même osé remarquer :

— Dites-moi, vous avez de la chance, ça s'est bien passé pour vous. Vous n'êtes même pas déchirée !

De la chance ? Mais comment donc…

Corentine eut le sentiment que sa tortionnaire exprimait un regret.

Enfin, après trop d'attente, une infirmière s'était décidée à lui apporter son bébé. Quand Corentine l'avait examiné, interloquée elle avait crié :

— Mais, madame, ce n'est pas ma fille !

— Allons, allons, madame Le Bris, vous êtes fatiguée, bien sûr que si, c'est votre petite.

— Madame, je vous dis que ce n'est pas ma fille.

Ma grand-mère s'était levée et s'apprêtait à courir vers la salle où l'on mettait les berceaux lorsque l'infirmière la ceintura pour l'en empêcher. Corentine perdait pied, se heurtait à un mur. La soignante, d'abord bienveillante, la prenait maintenant de haut :

— Si vous continuez, j'appelle un médecin qui va vous faire une piqûre de calmant.

— Enfin, je suis sa mère : je sais bien que ce n'est pas mon enfant !

Elle considérait fixement le bébé et, soudain, eut une idée de génie. Avant que l'infirmière ne puisse s'interposer, elle démaillota l'enfant : c'était un garçon. La soignante fut à peine gênée :

— Ah ben, oui, effectivement, on a dû se tromper. Je vérifie et je vous la ramène.

Corentine était épuisée, trempée de sueur. Mais quand on mit Juliette dans ses bras, elle la regarda avec un amour sauvage :

— Eh bien, dis donc, on l'a échappé belle, toutes les deux !

Toute sa vie, elle avait affronté les catastrophes que des sorcières malveillantes dressaient sur son chemin. Chaque fois que le bonheur semblait à sa portée, on le lui retirait. Son existence s'était déroulée sous une menace permanente, y compris de ceux qui auraient dû l'aimer et la protéger. Voilà que le destin aveugle avait voulu, en plus, lui retirer l'enfant de Jules.

— Tu te rends compte, ma chérie ? Si on m'avait apporté une autre petite fille ? Mais ne t'inquiète pas, je serais allée te chercher…

*

Corentine avait avancé sa sortie de l'hôpital et était rentrée chez elle, gagnée par le sentiment d'échapper à l'environnement de tous les dangers. Ces quelques jours passés avec sa petite dans sa modeste chambre furent une oasis de paix. La cousine Le Goff lui avait donné le berceau qui avait été celui de son fils décédé :

— Tu sais, maintenant, nous n'aurons plus de petits-enfants… Juliette, ce sera un peu notre petite à nous…

Comme il était impossible de faire les grosses lessives qu'auraient occasionnées des couches en tissu dans un coin toilette meublé seulement d'un broc et d'une cuvette, elle langeait Juliette dans de vieux

journaux, comme le faisaient toutes les femmes qui confiaient leur progéniture à la mère Roger, la nourrice qu'avait repérée Marie-Jeanne.

*

Quinze jours que Juliette était née, le temps n'était plus à l'attendrissement et aux mamours. Il fallait se remettre au travail.

Ce lundi, aux aurores, Corentine confia sa fille à la mère Roger, courut vers le port et n'eut que le temps de sauter dans la nacelle du pont transbordeur qui effectuait son premier passage vers les usines d'Indre à 7 heures, moyennant 5 centimes. Il n'y avait pratiquement que des femmes, visiblement des habituées qui reprenaient tranquillement leurs conversations de la veille. Ma grand-mère s'était bien gardée de tout effet de toilette ou de bijoux, mais même ainsi, elle attirait le regard par ce port de tête qui était sa signature. Deux commères eurent tôt fait de l'interpeller :

— Dis donc, toi, t'es nouvelle ? Tu viens pour te promener ? Ou pour du travail ?

Il ne s'agissait pas de la ramener et Corentine avait décidé de jouer franc jeu :

— Mon mari est mort à la guerre en septembre dernier et je viens d'avoir une petite fille. Il faut absolument que je travaille. Avant, j'étais domestique et je n'ai jamais travaillé en usine. Je ne sais pas trop comment m'y prendre.

Les deux bonnes femmes exprimèrent une compassion de bon aloi. L'apparent désarroi de leur interlocutrice les mettait en position de force :

— Tu as déjà une place ?

— Non, justement, c'est pour ça que je viens. Il faudrait que je m'en procure assez vite, la chambre, la nourrice de la petite, ça coûte cher et je n'ai presque plus d'argent.

Corentine avait trouvé le ton juste.

— Alors, là, aucun problème, du boulot, ça manque pas. Nous deux, on travaille aux Chantiers. Ils ont ouvert un atelier de fabrique d'obus. Si tu veux, on t'emmène au bureau d'embauche. À mon avis, vu les commandes pour l'armée, ce serait pas étonnant que tu commences dès aujourd'hui.

Les commères ne s'étaient pas trompées. Son enregistrement se fit au pas de course. Dès que le contremaître eut fini de noter son nom et son adresse, une femme l'emmena dans un immense vestiaire et lui remit une blouse grise et un bonnet très serré, en lui indiquant qu'il faudrait vraiment y mettre tous ses cheveux sinon le risque d'accident serait important si une mèche se prenait dans les rouages. À 9 heures, Corentine entra dans l'immense atelier, fit un signe de la main reconnaissant à ses nouvelles copines.

La plus vieille lui lança :

— Tu as apporté du manger ?

— Non.

— T'inquiète pas, ce midi, on va partager la gamelle. Tu nous revaudras ça un autre jour.

En quelques minutes, Corentine découvrait un fait qui jamais ne cesserait de l'étonner. Alors que, dans la domesticité d'une maison bourgeoise, les haines, les jalousies et les coups bas étaient incessants, elle allait découvrir dans cet atelier qui, d'ores et déjà, lui

semblait pourtant une préfiguration de l'enfer, des amitiés et une solidarité rares. Des complicités qui lui permettraient de traverser ces nouvelles épreuves sans être emportée par le torrent d'une vie de désespoir.

IX

Oui, une préfiguration de l'enfer. Dans un bruit assourdissant, dans la chaleur, dans les vapeurs d'acide, les femmes travaillaient dix heures par jour, six jours par semaine. L'usine tournait le dimanche et beaucoup d'entre elles renonçaient à leur journée de congé hebdomadaire. La pause de midi était brève, une demi-heure, juste le temps d'avaler le contenu de la gamelle apportée le matin. Sur la chaîne où Corentine était placée, on fabriquait divers types d'obus, mais surtout des 220. Sur cette chaîne, le contremaître avait mis les ouvrières les plus fortes et la Bretonne avait tout de suite été repérée comme pouvant soulever les grosses pièces qui servaient à assembler des obus pesant plus de 100 kilos. Ses collègues plus fragiles s'occupaient, elles, de ceux de 75.

Il fallait aller vite, ne jamais penser, ne pas se faire prendre dans les courroies, les emboutisseuses, les matériels de débourrage ou de lissage particulièrement dangereux. Rêver ou somnoler était le meilleur moyen de laisser un doigt ou même une main dans la machine ; on ne comptait plus les ouvrières gravement

mutilées quand elles n'y laissaient pas carrément la vie. Ma grand-mère aussi vit trois de ses camarades mourir, happées par les machines. Elle-même un jour ne dut sa survie qu'à sa blouse déchirée et se retrouva rouge de honte en culotte à l'atelier.

Dans un premier temps, ce travail de forçat fut le moyen, pour ma grand-mère, de ne plus penser à Jules, à l'appartement de la rue Delouvain, au bonheur perdu. Conduire Juliette chez sa nourrice, courir, sauter sur le pont transbordeur au dernier moment, travailler, travailler, déjeuner en causant avec les camarades un court instant, travailler, travailler, courir, sauter sur le pont, courir, aller reprendre Juliette, faire deux ou trois courses, la nourrir, la coucher, manger une tartine beurrée trempée dans du café au lait, préparer la gamelle pour le lendemain, se coucher pour dormir d'un sommeil de plomb et recommencer sans trêve. Pendant plusieurs mois, Corentine non seulement se contenta de cette existence sans horizon, mais eut le sentiment que son désespoir s'était tapi au plus profond d'elle comme une bête endormie et que, ainsi, il ne viendrait plus la dévorer.

*

Plus tard, elle ne se rappellerait pas à quel moment elle était sortie de cette torpeur anesthésiante. Mais, début septembre 1915, elle se réveilla du cauchemar. Pourtant l'été avait été éprouvant. Son jeune frère Yves, son petiot, celui dont elle s'était occupée comme une petite maman, était mort sur la Somme

le 21 août. La femme qui l'avait accueillie sur le pont transbordeur à son premier jour avait eu la main complètement écrasée par une emboutisseuse et le hurlement qu'elle avait poussé résonnait encore dans ses oreilles. Certes, l'air était doux ce matin-là au-dessus de la Loire, il donnait des envies de bonheur et d'ailleurs, mais Corentine ne pensait pas au bonheur, non, elle rêvait d'action et de révolte.

Elle maîtrisait maintenant suffisamment les machines, elle savait retirer ses mains promptement, éviter les chariots bringuebalants, les cordages et les chaînes qui pendaient du plafond et fouettaient le visage si l'on n'y prenait garde. Elle regardait, elle réfléchissait. Elle voyait les femmes épuisées payées 40 % de moins que les hommes pour le même travail, ses collègues rémunérées à la pièce alors que les autres l'étaient à la journée et certains au mois. Il y avait aussi des hommes dans l'atelier d'armement, mais à eux étaient réservés les emplois qualifiés et les fonctions de commandement. Les femmes se voyaient cantonnées dans les tâches subalternes et répétitives. Le contremaître qui surveillait sa chaîne de fabrication parti à la retraite, c'était un type venu d'un autre atelier des Chantiers – qui n'y connaissait rien – qui l'avait remplacé. Or la copine qui avait eu la main écrasée aurait été particulièrement apte pour ce poste. Lorsque, s'armant de courage, elle en avait parlé au chef d'atelier, celui-ci l'avait regardée d'un air ahuri :

— Enfin, Cora, une femme peut pas commander. Vous êtes pas faites pour ça ! Et puis, les hommes ne vous obéiront jamais. Quand les soldats reviendront

escouade de combattantes. Tout au long de l'année 1916, elles avaient structuré le ressentiment de leurs compagnes, ressentiment d'autant plus violent que les sacrifices et les chagrins de la guerre devenaient insupportables et les cadences exigées par l'administration infernales. Au début de 1917, l'affaire était mûre. À la tête d'une délégation, elle avait demandé rendez-vous au directeur de l'usine, lui avait exposé calmement la situation, décrit l'indignation des ouvrières quand elles avaient appris les différences de salaires établies à leur détriment. Le directeur avait tout de suite réalisé ne pas avoir devant lui un mouvement comme ceux déjà connus et qu'il ne pourrait briser une grève de femmes en les chargeant à cheval avec la troupe ainsi qu'on l'avait fait lors du dernier débrayage des hommes.

Elles avaient gagné. Pas sur tout, évidemment, car il n'était pas question de leur donner une formation professionnelle, de leur accorder des postes à responsabilité ou d'améliorer la salubrité des ateliers. Mais elles avaient obtenu le changement des tinettes, un réfectoire et surtout une substantielle augmentation de leur paie. Pas l'égalité, inutile de rêver ! Comme avait dit le directeur : « Si vous aviez la même paie que les hommes, ils ne le supporteraient pas ! »

*

La litanie des morts avait continué. En novembre 1917, Clemenceau était redevenu président du Conseil, mais aussi ministre de la Guerre. Corentine avait pensé que cela aurait fait plaisir à Jules de

voir l'homme qu'il admirait plus que tout revenir aux affaires. Juliette ressemblait de plus en plus à son père, affichant le même regard tendre et nostalgique et la même réserve pleine de dignité. Restait la question lancinante des subsides pour assurer leur existence et l'éducation de sa fille.

À ce propos, une fois gagnée la partie aux Chantiers, Paul avait décidé de s'occuper de sa protégée sur ce plan.

— Maintenant, Cora, c'est à tes salopards de beaux-parents qu'il faut faire rendre gorge, lui dit-il un jour. Tu le dois à ta fille, à ton mari. Est-ce une vie d'ouvrière que tu veux lui donner ?

Ils avaient, là encore, ourdi ensemble un plan de bataille. Puis ils étaient tous deux montés à Paris et ma grand-mère avait enfin obtenu – pas en totalité, mais quand même – justice.

*

Le 11 novembre 1918, l'armistice avait été signé, la guerre était finie, la terre de France avait englouti 1 700 000 de ses enfants. Dans le cortège funèbre marchaient son mari, son père, ses frères, et tant de ses cousins et de ses oncles qu'elle se refusait à faire le sinistre inventaire des morts.

En ce début 1919, Corentine avait donc pris le train pour Gourin avec Juliette. Et une revanche à prendre.

Corentine attendit leur retour pendant des semaines avant d'apprendre ce sort tragique.

La résistance contre les Allemands s'organisa et le maquis des Montagnes noires fut fort actif[1]. Un beau soir, Yvette, intriguée par un bruit inhabituel, descendit à l'atelier ; son père cousait des costumes destinés à trois aviateurs canadiens dont le parachutage avait mal tourné. Ceux-ci vécurent plusieurs semaines dans la cave avant d'être exfiltrés par les FTPF. La maison servit à plusieurs reprises de lieu de transit pour des clandestins dans le cadre des filières d'évasion organisées par le chef gourinois du réseau « Turma-Vengeance », Jean Bariou.

Quant aux Allemands, ils avaient réquisitionné la belle chambre qui avait été celle de Juliette et y avaient logé l'officier responsable de la Kommandantur…

Résumons la situation : des juifs dans le grenier, des aviateurs canadiens dans la cave et un officier allemand au premier étage. Tout cela fut parfaitement fluide et personne ne fit de croisements malencontreux.

*

Ce qui caractérisait Corentine, c'était la force terrifiante de sa volonté. À cette période, chargée par la Résistance de rapporter une radio au maquis, accompagnée d'Yvette elle transporta la lourde valise dans

1. Le monument aux résistants des Montagnes noires à Gourin compte 59 noms de fusillés ou déportés.

le métro parisien. À un moment, sur le quai, elle vit qu'un barrage de la Gestapo procédait à des fouilles aléatoires. D'instinct elle agrippa le paquetage par un doigt et fit mine de se gratter le nez avec la même main. Nul doute pour le contrôle : la valise ne contenait rien de suspect. Le passage se fit sans encombre. Une fois rentrées chez elles, sa fille voulut soulever le bagage et eut grand-peine à y parvenir avec les deux mains.

La force de ma grand-mère entraînait tous ceux qui avaient la chance de l'accompagner. En août 1944, elle vint chercher à Paris sa fille pour rentrer à Gourin. Les combats de la Libération battaient leur plein et il n'y avait aucun moyen de communication. Ni une ni deux, elle acheta deux énormes jambons au marché noir et décréta :

— Pas de problème, on rentre à pied !

Les deux femmes entamèrent un périple de 500 kilomètres dans la France en guerre. Heureusement, elles n'en firent pas la totalité à pied ! Elles recoururent à des transports de fortune, montèrent dans des voitures, des camions et même des chariots agricoles, rémunérant les conducteurs avec un beau morceau de jambon, les deux cuissots leur servant à la fois de garde-manger et d'objet de troc. Elles firent rarement plus de 30 kilomètres d'une traite, couchèrent dans des granges et même à la belle étoile. Les nuits d'août de cet été 44 étaient belles, et Gourin les attendait.

*

Les succès de sa fille la comblaient mais Corentine, jusqu'au bout, resta d'une lucidité féroce. Quand ma

mère obtint son diplôme de chirurgien-dentiste, en 1946, elle vint la chercher à la sortie de l'école dentaire, n'ayant pas voulu entrer dans l'amphithéâtre où se déroulait la remise. À la sortie, elle félicita sa fille, mais ajouta :

— Tout ça, c'est bien beau, mais pour avoir des clients, le diplôme ne suffit pas. En plus, il va falloir que tu plaises…

*

Corentine avait une force irrépressible mais aussi un goût puissant pour la liberté, qu'elle m'a légué. Quand, avec ma sœur, nous passions le mois de juillet chez elle, mois magique bercé par les sonorités de la langue bretonne, elle surgissait certains matins à l'aube dans notre chambre et lançait :

— Allez, les filles, on part à la mer !

Nous prenions alors le car vers Port-Manech avec du pain, du pâté Hénaff, des crêpes et de la limonade. Ma grand-mère, ensuite, restait sur la plage, sous un parasol, entièrement habillée de noir telle une bienveillante Némésis, nous certifiant, comme si elle était douée de prescience, que l'eau était bonne. Nous apprîmes bien plus tard qu'elle avait vu la mer pour la première fois en 1920, alors qu'elle avait vécu toute son enfance à moins de 40 kilomètres de la côte.

Parfois, aux aurores, nous partions également pour un pardon, comme celui de Sainte-Anne-la-Palud ou de Sainte-Anne d'Auray. Dans une chaleur de bête, nous psalmodions le cantique breton *Itron Santez*

Anna Mam Mari, comme s'il s'agissait d'une formule magique destinée à nous garantir le paradis.

À la maison, la vie avec elle était pleine de mystères et de surprises, mystère de la langue bretonne exclusivement parlée, mystère des promenades solitaires dans le bois de Tronjoly, mystère des longues conversations que je tenais avec les ouvriers du petit atelier. Corentine n'employait que des ouvriers lourdement handicapés, dont la difformité les parait, pour moi, de pouvoirs magiques, comme en ont les gnomes des contes et des légendes. Je regardais pendant des heures Jo Vetel, replié sur le sol car, à cause de ses malformations, il ne cousait qu'assis par terre, juste à ma hauteur. Une rencontre magique, d'une pureté absolue dans cette Bretagne qui s'est bâtie sans mépris de classe. Les surprises, elles, consistaient à nous accorder la liberté de monter des spectacles dans le jardin. Corentine nous laissait piocher des pièces de tissu dans ses réserves pour créer des costumes improbables et invitait ses copines, assises sur des chaises bringuebalantes, à composer un public qui ne ménageait pas ses applaudissements. Elle nous demandait :

— Vous avez eu du goût ?

Phrase qui signifiait : Avez-vous eu du plaisir ?

Oui, avec Corentine, la vie avait du goût. Dans tous les sens du terme.

*

Quand je suis entrée à l'Élysée pour mon premier Conseil des ministres, c'est Corentine qui, dans mon

Remerciements

Pour cette archéologie familiale, un travail remarquable a été effectué par mes cousins Pierre-Yves Sinou et Marie-Annick Sinou. Ils ont recherché les actes d'état civil et examiné les dates et les lieux avec soin. Ils ont aussi confirmé nombre d'anecdotes rapportées par ma mère et ma grand-mère qu'il était important de confronter avec d'autres sources.

J'ai voulu que les dialogues de l'enfance de Corentine soient exprimés en breton par souci d'authenticité, mais aussi pour rendre hommage à cette culture bretonne trop souvent méprisée ou simplement oubliée. Pour cela, grâce soit rendue à David Le Roux/David Ar Rouz (www.trohadistro.com), interprète, qui a veillé à ce que ces dialogues soient rigoureusement exprimés dans la langue usitée dans les Montagnes noires. Ils ont aussi été revisités par Ronan Stephan, spécialiste en dialectologie bretonne.

L'histoire du 104e régiment d'infanterie, où Jules, le mari de Corentine, a servi en 1914, a été imprimée en 1920 à l'Imprimerie du Progrès à Sartrouville et entièrement retranscrite par Mme Nicole Levêque

HELIAS (Pierre-Jakez) : *Le Cheval d'orgueil*, Plon, 1975.

JOUAS (Josette), JAMET (Christiane), LE CORRE (Christian) : *Ces Bretons d'Amérique du Nord*, Ouest-France, 2005.

LAS CASES (Philippe de) : *L'Art rustique en France : la Bretagne*, Albin Michel, 1926.

LEBESQUE (Morvan) : *Comment peut-on être breton ? Essai sur la démocratie française*, Le Seuil, 1970.

LIGAON (Anne) : *Gourin au XIXe siècle*, Rue des Scribes Éditions, 1992.

POURCHER (Yves) : *Les Jours de guerre*, Plon, 1994.

THÉBAUD (Françoise) : *Les Femmes au temps de la guerre de 14*, Payot, 2013.

Achevé d'imprimer en janvier 2019
dans les ateliers de Normandie Roto Impression s.a.s.
61250 Lonrai
N° d'impression : 1900259

Imprimé en France